Jillian Black

Freie Herzen

Zwischen Ende und Anfang

31 Kurzgeschichten

Biografische Informationen der Deutschen Nationalbibliothek:
Die Deutsche Nationalbibliothek verzeichnet diese
Publikation in der Deutschen Nationalbibliografie; detaillierte
bibliografische Daten sind im Internet über:
http://dnb.dnb.deabrufbar.

© 2021 Jillian Black/Julia Bolender
Lektorat: Laura Adrian
Buchsatz: Laura Adrian
Cover: Alexa Kim
fran_kie@shutterstock.com

Herstellung und Verlag:
BoD – Books on Demand, Norderstedt

ISBN: 978-3-75439-651-3

Freie Herzen
- *Zwischen Ende und Anfang* -

Buchbeschreibung:

Zu einer Trennung kommt es nie aus heiterem Himmel. Meist kündigt sich das Ende schon vorher an. Trotzdem fallen die 31 Frauen, von denen die folgenden Kurzgeschichten erzählen, nach ihrem Beziehungsaus zunächst in ein tiefes Loch. Aber bald darauf wird ihnen klar, dass die Trennung das Beste ist, was ihnen in ihrem Leben passieren konnte. Auch wenn es zu Beginn schmerzt, erfahren sie, dass eine andere – vielleicht sogar bessere – Zukunft auf sie wartet.

In diesem Buch erzählt die Autorin Jillian Black von ihren eigenen Erfahrungen zu diesem Thema, gemischt mit Fiktion. Sie möchte zeigen, dass aus jedem Ende ein Neuanfang entstehen kann. Auf positive Weise möchte sie anderen Frauen Mut machen und sie ermuntern, an sich selbst und ihre innere Stärke zu glauben. Wer von seinem alten Leben Abschied nimmt, über den Schmerz hinwegkommt, wird für ein neues Leben, das er eigenhändig gestalten darf, offen sein.

1. Das Spiegelbild

Die Geschichte von Carola

Carola:

Drei Wochen zuvor. In einer Altbauwohnung. Kurz vor Sonnenuntergang.

Ich stehe vor dem Spiegel. Mein Körper ist nach Aussage einer Kollegin traumhaft. Doch ich sehe das nicht. Was soll schließlich toll daran sein, wenn der Brustkorb hervorsteht, der Bauch eingefallen ist und die Beckenknochen hervorragen?

Ich trage immer noch meine alten Klamotten, obwohl sie inzwischen zwei Größen zu groß sind. Zwar wirke ich darin etwas verloren, aber immerhin verdeckt der überschüssige Stoff meinen ausgezehrten Körper. Außerdem ist oversized im Moment modern.

Ich seufze und ziehe mein Bustier aus. Ich war immer stolz auf mein B Körbchen gewesen, doch nun sehe ich zwei leicht hängende, traurig wirkende Brüste im Spiegel. Es ist mir nur noch ein kleines A-Körbchen geblieben. Nicht unbedingt das, was Männer sich wünschen oder was ich mir wünsche.

Mein Gewicht schwankt seit Jahren. Extrem übergewichtig war ich jedoch nie. Zum Glück hatten die Schwankungen nie Einfluss auf meine Periode gehabt.

Aktuell bereitet mir das Essen keine Freude mehr. Ob der Appetitverlust immer noch mit der Trennung, die bald schon ein halbes Jahr zurückliegt, zusammenhängt? Oder damit, dass ich mich einfach allgemein nicht mehr begehrenswert finde? Ich weiß es nicht. Die Lieferung meiner neuen Küche verzögert sich ebenfalls, was das Ganze nicht besser macht.

Im Haus ist es sehr ruhig. Ab 20 Uhr lassen die Nachbarn unter mir ihren Rollläden herunter. Anfangs war ich ab dieser Uhrzeit extrem leise, um niemanden zu stören, doch nun höre ich ab und zu auch noch nach 20 Uhr Musik in Zimmerlautstärke.

Wenn nur bald die Küche käme. Dann würde ich bestimmt nicht mehr weiter abnehmen. Mit jedem Kilo weniger habe ich das Gefühl, weitere Kraft einzubüßen. Mir steigen Tränen in die Augen. Ich sehe aus wie eine 12-Jährige zu Beginn der Pubertät und nicht wie eine Erwachsene Frau, die auf die 40 zugeht.

Obwohl wir im Guten auseinandergegangen sind, war der Umzug kein Zuckerschlecken für mich gewesen. Das Packen der Kisten hatte mich noch mal einiges an Kraft gekostet.

Ich versuche, nicht weiter über den Schmerz nachzudenken. Die Beziehung hatte ihre Zeit erreicht. Wir haben uns am Ende nicht mehr gutgetan.

Mein Magen knurr laut, auch wenn ich keinen wirklichen Hunger verspüre.

Ich öffne den Kleiderschrank, ziehe ein Nachthemd hervor und streife es mir über. Vom Duschen ist mein Haar noch feucht. Ja, ich weiß, ich muss essen, dass sagen alle und das ist mir auch bewusst, aber ich kann mich nicht dazu zwingen.

Ich blicke noch einmal in den Spiegel, der sich in der Mitte des dreitürigen Kleiderschranks befindet. Mein Gesicht wirkt blass und meine Wangen eingefallen. Schatten untermalen meine Augen und zeigen damit meinen derzeitigen Gemütszustand auch nach außen. Ich war es, die sich getrennt hat, auch wenn der

Wunsch nach Abstand nicht alleine von mir ausging. Die Entscheidung stand schon ewig im Raum.

Erleichtert, dass es endlich passiert ist, fühle ich mich aber noch lange nicht. Bedürftig trifft es eher. Ich ärgere mich darüber, dass das alleine sein so schmerzt und ich das Gefühl habe, nur gut genug zu sein, wenn ich einen Partner an meiner Seite habe.

Ich versuche, mich abzulenken, indem ich durch die Zimmer streife. Die Wohnung ist schön und die neue Küche wird es noch abrunden. Mein Umfeld meint, ich soll dankbar und erleichtert sein, dass die Beziehung vorüber ist. Ich soll mir etwas gönnen, das Leben feiern. Ich bin aber noch nicht so weit. Irgendwann vielleicht ... Es war nicht meine erste Trennung, aber gefühlt war es die Schwerste.

Die ersten zwei Monate alleine sind immer die schlimmsten. Danach wird es langsam besser, so sind zumindest meine Erfahrungen. Ich gehe langsam in die Küche, fühle mich erschöpft. Mein Schlafrhythmus pendelt sich nur langsam wieder ein. Ich nehme mir eine Scheibe Brot, eine Scheibe Käse, ein halbes Glas Bananenmilchshake. Mein Frühstück an diesem Wochenende. Ich schreibe in mein Tagebuch, was ich täglich zu mir nehme. Es ist nicht zu wenig, aber auch nicht gerade viel, aber immerhin etwas. Jeden Bissen kaue ich mehrmals und spüle ihn anschließend mit einem Schluck von dem Shake herunter. Das Schlucken fällt mir schwer. Ich schließe die Augen und versuche an etwas anderes zu denken. Nur noch zwei Wochen, dann kommt die neue Küche. Mein Rettungsanker? Wird alles wieder gut? Was, wenn nicht? So wie ich aussehe, will mich doch bestimmt kein anderer Mann anschauen. Wieder steigen mir Tränen in die Augen. Ich schlage die Hände vors Gesicht, atme tief ein und aus und versuche meine negativen Emotionen in den Griff zu bekommen. Die Angst, für immer alleine zu bleiben, kriecht in meinen Körper und frisst sich wie ein mieser Parasit in mein Herz. Mein Herz schlägt schnell, mir wird kalt, ich fange an zu zittern. Trotzdem versuche ich mich wieder zu fassen und spreche mir innerlich Mut zu.

Alles wird gut und wenn es nicht gut ist, dann ist es nicht das Ende.

Nach einer geraumen Zeit gelingt es mir, mich und meinen Körper wieder unter Kontrolle zu bekommen. Mein Herzschlag normalisiert sich und langsam strömt auch wieder eine natürliche Wärme durch meine Gliedmaßen. Diese Momente des Kontrollverlusts passieren mehrmals am Tag.

Von draußen scheint die Sonne durch die große Fensterfront ins Wohnzimmer. Ein bisschen dankbar bin ich schon. Trotz der emotional schweren Lage habe ich in der letzten Zeit viele richtige Entscheidungen treffen können.

Mein Handy klingelt. Meine Mutter ruft an. Sie macht sich bestimmt Sorgen. Ich werde ihr gleich eine Textnachricht schicken, da ich mich nicht dazu in der Lage fühle zu sprechen. Ich glaube, – auch wenn sie es nicht sagt, – ein weiteres Mal vor ihren Augen versagt zu haben.

Kein Kind, nun auch kein Mann mehr. Mit einem Mal steigt Wut in mir auf. Und es entwickelt sich plötzlich Kraft. Ich will so nicht mehr sein! Ich will nicht mehr jammern und nicht mehr weiter abnehmen! Ich will keine traurigen Blicke von meinem Umfeld mehr. Ich möchte mein Leben selbst gestalten. Ich will mich nur noch mit Menschen umgeben, die mir guttun. Morgen werde ich erst mal meinen Freundeskreis dementsprechend aussieben.

Später am Abend.

Bis eben hatte ich noch die Hauptschuld an der Trennung gegeben, aber damit ist jetzt Schluss! Ich darf mein neues Leben genießen.

Die neue Kraft schafft es, sich langsam in mir auszubreiten und verdrängt dabei die Angst. Ich nehme mein Handy in die Hand. Es ist 19 Uhr. Ich gehe ins Schlafzimmer, reiße meinen Kleiderschrank auf und ziehe mir eine Sporthose und ein T-Shirt über. Ich werde Einkaufen fahren und alles, was mir schmeckt und guttut, besorgen. Ich darf essen und genießen. Ich darf leben. Und morgen werde ich all die Klamotten wegschmeißen, die mir zu groß sind. Und nur noch das tragen, womit ich mich wohlfühle. Wie oft hatte mein Ex meinen Kleidungsstil bemängelt? Oder meine Figur? Mal hatte ich in seinen Augen ein paar Kilo zu viel, dann fast zu wenig.

»Du siehst ja gar nicht mehr weiblich aus. Da könnte ich es ja auch mit einem Teenie treiben.« Das waren Worte, die wehtaten. Auch sein Hass gegen Frauen war alles andere als gesund. In seinen Augen ist das weibliche Geschlecht immer schuld. Ich glaube, er hatte keiner seiner Ex-Freundinnen jemals die Trennung verziehen. Es war ja auch einfacher, immer nur dem anderen Part die Schuld zuzuschieben. Eigentlich, so merke ich gerade, fängt er an, mir leidzutun. Er war gefangen in sich selbst und in seiner Wut, die sich größtenteils gegen seine eigene Person richtete. Ich befreie mich davon.

Drei Monate später.

Meine Waage zeigt fast zwei Kilo mehr an und ich schwebe innerlich auf Wolke sieben. Es gibt keinen neuen Mann in meinem Leben, sondern ich bin in mich selbst verliebt. Ab und an fällt mir das Essen schwer, aber seitdem die neue Küche da ist, fange ich an Tag um Tag und Woche um Woche mein Leben wieder mehr zu genießen.

Essen ist so wunderbar. Es spielt für mich keine Rolle mehr, ob ich zunehme, oder wie die Männer meine Figur finden. Mir gefällt, was ich im Spiegel sehe. Ich habe das starke Abnehmen als eine Art Entgiftung gesehen. Ich bin dadurch leichter und freier geworden und habe am Ende meinen Blick in eine bessere Zukunft lenken können.

Ich weiß, dass ich noch lange nicht den kompletten Weg nach der Trennung mit all seinen verschiedenen Phasen geschafft habe, aber ich bin zuversichtlich, dass mich die nächsten Wochen und Monate wieder zu mir selbst bringen werden. In den letzten Monaten der Beziehung hatte ich mich nach und nach aufgegeben.

Ich gehe in die Küche und brühe mir einen frischen Kaffee auf. Erst vor Kurzem habe ich mir eine von diesen teuren, aber besonders guten Kaffeevollautomaten gegönnt.

Es wird immer wieder Momente geben, in denen ich fallen werde, in denen mich gemeinsame Momente einholen, aber ich weiß, irgendwann wird dies nicht mehr so schmerzhaft sein. Und ich werde mit jedem Tag stärker. Mein Ex ist für mich Vergangenheit.

Eines Tages werde ich wieder voller Hoffnung und Vertrauen mit einem neuen Mann in eine neue Kennenlernzeit starten. Frei und voller Zuversicht. Aber zuerst muss ich lernen alleine glücklich zu sein.

2. Der Tanz

Die Geschichte über Theresa

Theresa:

Kurz nach Mitternacht. In einer Stadtwohnung.

Ich tanze durch die Wohnung und bin glücklich. Meine Trennung ist fast drei Monate her und mein Ex Geschichte.

Ich spüre keine Wut, aber auch keine Traurigkeit mehr. Ich bin ihm sogar fast dankbar, dass er mich ziehen lassen hat. Dadurch bin ich nun frei für dieses neue, wunderbare Leben.

Die Klänge eines Countrysängers schallen an mein Ohr. Bald darauf fällt noch eine höhere Stimme einer Frau als Zweitstimme ein. Ich achte nicht auf den Text. Ich spüre neue Kraft in mir aufsteigen. Ich tanze durch meine neue Wohnung, lache dabei, bin zufrieden mit mir selbst. Ich bin schlank. Ich wollte mir lange nichts gönnen, achtete nicht mehr auf mich und gab mir für alles die Schuld. Doch nun weiß ich: Wir haben uns die letzten Jahre einfach nicht mehr gutgetan und vor allem ich war nicht glücklich mit ihm. Aber ich wollte es mir nicht eingestehen.

Diese Wohnung ist einfach perfekt für mich. Es ist die schönste und beste Wohnung, die ich je hatte. Und ich habe schon in vielen Wohnungen gelebt. Doch hier fühle ich mich am wohlsten. Angekommen. Hier kann mein Herz richtig aufgehen, hier kann ich auf meine innere Stimme hören und bei meiner inneren Mitte bleiben.

Vor ein paar Tagen dachte ich noch, ich müsste für immer alleine bleiben. Meine Freundin hatte mir einen Vogel gezeigt und eine Kollegin hat mir gesagt: »Schau dich doch mal an, du bist doch verrückt!« Es ist nicht so, dass mir die Männer scharenweise nachlaufen, aber es gibt den ein und anderen Verehrer, der sich um mich bemüht. In eine neue Beziehung möchte ich mich deswegen trotzdem nicht direkt stürzen. Auch wenn mir die Wertschätzung, die ich seit Ewigkeiten nicht mehr erlebt habe, guttut. Dafür reichen schon ihre Blicke und ein paar bewundernde Worte.

Ich habe mich an den Tisch gesetzt, nachdem ich mir aus der Küche etwas zum Trinken geholt habe. Vor mir steht ein Kaffee mit dem besten Milchschaum, den ich je gemacht habe. Die Uhrzeit spielt für mich keine Rolle. Niemand schreibt mir vor, was ich wann zu tun oder zu unterlassen habe, ich muss mich nicht mehr unterordnen und niemandem mehr etwas recht machen. Ich kann einfach leben.

Die Musik läuft im Hintergrund weiter. Ich klopfe im Takt immer mal wieder auf den Tisch, dann halte ich inne. Von unten klopft jemand zurück. Ich höre auf und kichere. Das Haus, indem wir noch vor einer Weile zusammengelebt hatten, war schön gewesen. Wir hatten es mit einer Mischung aus gebrauchten und neuen Möbeln eingerichtet, die Küche war ein Traum, wir hatten im Küchenhaus ewig gebraucht, um uns für sie zu entscheiden. Aber all das Materielle konnte mich nicht glücklich machen. Eingestehen wollte ich mir das aber in dem Moment nicht. Ich übersah die Vorzeichen.

Über dem Haus lag von Anfang an eine negative Energie. Auch wenn das esoterisch klingt. Es wohnte nie wahre Liebe dort. Dennoch bereue ich es nicht, mit ihm dort gelebt zu haben, und ich sehe die letzten Jahre nicht als Zeitverschwendung an. Ich hätte nichts anders machen können, ich habe lange für unsere Beziehung gekämpft. Nun lebt er alleine dort. Etwas hoffe ich, das auch er irgendwann wieder glücklich wird. Doch dafür müsste auch er etwas in seinem Leben ändern. Es ist seine Entscheidung. Ich kann ihn nicht dazu zwingen. Die Musik hört irgendwann auf und ich beschließe langsam in mein Bett zu gehen.

Bald darauf schlafe ich zufrieden.

Gegen Mittag.

Auch wenn ich mich bemühe, nach vorne zu schauen, liege ich gerade wieder gedankenverloren in meinem Bett.

Ob er noch an mich denkt?

Ich versuche die Gedanken fortzuwischen, indem ich mit meiner Hand über meine Augen reibe. Dann strecke ich mich. Ich habe unbequem gelegen und spüre, wie meine Schulter und mein Nacken verspannt sind. Ich räuspere mich und stehe langsam auf. Die Euphorie von gestern Nacht ist inzwischen gedämpft. Aber schlecht fühle ich mich deswegen nicht. Ich akzeptiere, dass ich im Moment etwas länger brauche, um in den Tag zu starten.

Ich habe Urlaub und werde bald noch ein paar Tage zu Verwandten fahren. Das wird das erste Mal seit Jahren sein, dass ich sie ohne ihn besuche. Es wird seltsam werden, aber nicht unbedingt schlechter. Es wird keinen geben, der sich über meinen Fahrstil beschwert und ich entscheide, wann ich losfahre und wo ich nächtigen werde.

Als erwachsene Frau werde ich diesmal ein Hotel vorziehen. Und nicht mehr in meinem ehemaligen Jugendzimmer schlafen wie die Male zuvor.

Ich habe meine Eltern schon ewig nicht mehr gesehen. Ich brauchte etwas Abstand und wollte mir neuen Respekt verschaffen. Nun kann ich mich nach der Trennung noch eigenständiger präsentieren.

Meine Eltern sind fast 70 Jahre alt und gesundheitlich nicht mehr in bester Verfassung. Deswegen habe ich mich entschieden, ihnen mal wieder einen Besuch abzustatten. Denn falls ich sie das letzte Mal sehen sollte, werden sich beim jetzigen Besuch vielleicht doch noch ein paar unausgesprochene Worte klären lassen, oder ich werde ihnen manches direkt verzeihen können. Das macht man so, habe ich mal gehört. Das ist der Lauf des Lebens.

Es ist wohl besser für die, die bleiben, so hat mir mal eine Freundin gesagt.

Genüsslich nippe ich an meinem dritten Kaffee und schaue über meine neuen Nachrichten, die ich die letzten Stunden über WhatsApp erhalten habe. Ich schmunzle dabei.

Manche Worte können verletzen und andere wiederum können einem ein wohlig warmes Gefühl im Körper bereiten. Irgendwann geht jede schwere Zeit vorbei. Eines Tages werde ich mich emotional wieder öffnen. Doch jetzt zähle erst einmal ich.

3. Neuer Geschmack

Die Geschichte über Josefine

Josefine:

Ich habe eingekauft. Zum wiederholten Male für mich alleine. Mit jedem Mal tut es weniger weh und ich fange an, es zu genießen, dieses neue Leben. Mein neues Leben. Alles schmeckt irgendwie anders.

Ich stehe in meiner neuen Küche und zelebriere das Kochen. Vor ein paar Wochen habe ich noch geweint, weil ich nicht mehr für uns beide gekocht habe, sondern nur noch für mich alleine. Uns – dieses Wort gibt es nicht mehr. Anfangs schmerzte der Verlust sehr, der letzte Abschied fiel mir unglaublich schwer, dabei hatte ich mich innerlich schon vor Monaten getrennt.

Ich schneide eine Tomate auf einem Schneidebrett in Scheiben. Etwas Saft spritzt in mein Auge, ich lache auf und wische ihn mit einer Hand fort. Nachdem die Tomaten in Scheiben geschnitten sind, beginne ich sie zu würfeln und gebe sie in ein Gefäß, in dem ich vor ein paar Minuten noch ein Avocado Pesto zubereitet habe. Ich habe es immer geliebt, er mochte es nicht. Ich bereite es jedoch nicht aus Trotz zu, sondern weil ich es mag. Ich vermenge die Tomatenstücke mit dem Pesto. Dann drehe ich mich zum Herd und nehme den Topf mit den Nudeln herunter. Sie sind gar, ich schütte sie in ein Sieb, welches in der Spüle steht. Anschließend vollende ich das Pesto, indem ich es mit Salz und Pfeffer würze. Vor ein paar Monaten, fast einem

Vierteljahr, habe ich den Tisch noch für uns beide gedeckt. Wie oft hatte ich dabei auf ihn warten müssen? Von Minuten bis hin zu einer Stunde. Er war oft zu spät. Nun muss ich nicht mehr warten. Ich vermenge das Pesto und die Nudeln. Danach genieße ich die ersten Bissen, den Geschmack auf meiner Zunge, das wohlige Gefühl, das sich bald in meinem Bauch ausbreitet.

Das Gericht schmeckt wie immer und doch irgendwie neu. Es ist wie eine Explosion in meinem Mund. Ich lache auf. Es ist fast so gut wie ein Orgasmus, den ich schon ewig nicht mehr hatte. Aber ich spüre, dass es bis dahin nicht mehr lange dauern wird. Ich will kochen, essen, ausgehen, tanzen, leben, mich neu verlieben.

Nach gut zehn Minuten habe ich die Mahlzeit beendet. Mit einem Lächeln auf den Lippen räume ich das Geschirr ab und säubere danach die Küche, meine Küche. Gestern habe ich den Kochordner, aus dem ich sonst die Rezepte für ihn und mich ausgesucht habe, durchgeblättert und neue Gerichte aus dem Internet ausgesucht, ausgedruckt und hinzugefügt. Kochen war schon immer meine Leidenschaft. Mir war es jedoch meist wichtiger als ihm. Doch jetzt brauche ich ihn dafür nicht mehr. Ich zelebriere die neuen Mahlzeiten für mich. Kerzen anzünden, schöne Servierten bereitlegen und mediterrane Tischdeko gehören ab sofort für mich dazu. Mir gefällt das und ist das wichtig. Ich darf genießen. Ich genüge mir selbst. Meine Katze streicht mir um die Beine. Ich bin nicht alleine.

4. Der Kirschbaum

Die Geschichte von Ute

Ute:

Sonntagvormittag. Im Garten einer Doppel-haushälfte.

Ich steige die alte Holzleiter in den Kirschbaum zum wiederholten Male nach oben. Eigentlich habe ich keine Lust mehr. Ich habe schon einige Eimer mit den dunkelroten, süßen Früchten gefüllt. Aber meine Großmutter schafft es nicht mehr, den Baum, der seit Ewigkeiten in ihrem Garten steht, zu ernten. Und ich bin die Einzige aus der Familie, die sich jedes Jahr noch Zeit nimmt, sie zu unterstützen.

Nach der Ernte sind wir jedes Jahr fast zwei Tage in der Küche beschäftigt, die Früchte zu verwerten. Das Kellerregal wird nach und nach mit neuen Marme-ladengläsern bestückt und der Kirschkuchen meiner Oma ist und bleibt einfach der Beste. Ihr zuliebe fülle ich den letzten Eimer wenigstens bis zur Hälfte. Aber die Arbeit ist nicht nur anstrengend, sondern sie tut mir auch gut. Seit ich mich von meinem Mann getrennt habe, genieße ich jede Ablenkung. Mit einer Hand wische ich mir den Schweiß von der Stirn. Ob-wohl es schon bald ein halbes Jahr her ist, denke ich noch oft an ihn. Dabei verspüre ich jedoch keine Liebe mehr und auch die Wut ist inzwischen verschwunden. Es sind nur noch Erinnerungen, die einen begleiten, wenn man mit einem Menschen viele Jahre seines

Lebens verbracht und alles mit ihm geteilt hat. Er hatte den Gedanken an eine Trennung ausgesprochen, aber ich war diejenige, die es schlussendlich umgesetzt hat. Trotzdem tat es uns, so glaube ich, beiden gleichermaßen weh. Doch nun, mit Abstand betrachtet, war es genau der richtige Zeitpunkt für diese schwere Entscheidung gewesen. Ich werde bald vierzig Jahre alt und gehe nicht mehr davon aus, auch wenn das Alter heutzutage kein Problem mehr darstellt, Mutter zu werden. Ich wollte es einfach zu sehr und er zu wenig.

Wir haben uns irgendwann in unterschiedliche Richtungen entwickelt und dabei haben wir uns leider sehr oft mit Worten verletzt. Ich kann die Zeit nicht zurückdrehen. Seit der Trennung wohne ich bei meiner Großmutter. Sie ist fast blind. Wenn jemand fragt, wieso ich bei ihr wohne, gebe ich das als Grund an. Aber ich denke, die Wahrheit ist, dass sie keine Fragen stellt. Wir teilen unseren Alltag, kochen und backen zusammen, aber wir reden nicht viel miteinander, doch das spielt für mich keine Rolle. Ich glaube sogar, dass das jenes ist, was mir guttut. Sie schaut mich nicht mit so mitleidigen Blicken an wie andere Familienmitglieder oder andere, die davon ausgehen, dass ich mich nach der Trennung endlich befreit fühlen muss.

Ich träume vor mich hin, bis ich meine Oma rufen höre. Sie hat uns eine Suppe gekocht. Trotz fehlenden Augenlichtes haben ihre Gerichte kein Stück an Geschmack verloren. Gefühlt sind sie sogar noch besser geworden.

Mein Großvater ist vor über zehn Jahren gestorben. Anfangs hat sie viel darüber geklagt. Vor zwei Jahren hörte sie schlagartig damit auf. Warum erzählte sie niemandem. Vielleicht lernt das Herz irgendwann wieder nach vorne zu schauen?

Nachmittags.

Großmutter und ich stehen in ihrer alten Wohnküche und entsteinen die Kirschen. Im Hintergrund ertönt aus dem Radio Schlagermusik. Ich muss schmunzeln. Früher fand ich diese Musik nervig, aber seit ich hier wohne, habe ich sie zu schätzen gelernt. Die Musik strahlt Ruhe, Kraft und Heiterkeit aus. Meine Oma summt leise mit.

Ich beginne die ersten Früchte mit Gelierzucker in dem großen Einmachtopf zu verrühren und schalte die Herdplatte an. Dabei habe ich ein Lächeln auf den Lippen. Durch die Trennung hatte ich einiges an Gewicht abgenommen, fast zehn Kilo. Doch langsam beginne ich jetzt wieder zuzunehmen, mich in meinem Körper wieder wohler zu fühlen und mich selbst mehr wertzuschätzen.

Die Früchte fangen an, mit dem Zucker zu verschmelzen. Beim Umrühren steigt mir der süße Duft in die Nase. Ich hatte schon immer gerne gekocht und gebacken, aber irgendwann habe ich die Lust daran verloren. Meine Großmutter hat mir geholfen, diese Leidenschaft nun wiederzuerwecken.

Abends. Im Wohnzimmer.

Meine Großmutter ist in ihrem Fernsehsessel eingenickt. Im Fernsehen läuft Tatort. Ungefähr zehn Minuten, nachdem der Film begonnen hat, waren ihr die Augen zugefallen. Ich wecke sie nicht, sondern schaue gedankenverloren auf den Bildschirm. Aber so richtig verstehe ich nicht, was dort passiert.

Ich habe mein Handy in meinem Schoß liegen. Mein Mann, die Scheidung ist noch nicht ganz durch, hat mir gerade geschrieben. Er hat eine neue Frau kennengelernt. Und wird sie heiraten. Sie ist zudem schwanger. Ich atme tief ein und aus. Lege dann eine Hand auf meine Brust und gehe in mich. *Was empfinde ich? Wie geht es mir damit?*

Ich schließe für einen Moment die Augen und Erinnerungen von unserer Hochzeit kommen in mir hoch. Es ist damals so viel schiefgelaufen, vielleicht war das schon ein schlechtes Omen gewesen. Ich hatte ihn und die Beziehung während unserer Ehe, die nur zwei Jahre andauerte, inklusive des Trennungsjahres, nicht so sehen wollen, wie sie wirklich war.

Ein Schussgeräusch, das aus dem Fernsehen stammt, reißt mich aus meinen Gedanken. Ich lache leise auf. Meine Großmutter rührt sich nicht, ich höre sie tief und gleichmäßig atmen. Als hätte sich ein Schalter umgelegt, habe ich ab diesem Augenblick das Gefühl, nun endlich richtig frei atmen zu können. Ich freue mich nicht für ihn, nein, sondern für mich, weil ich nun frei bin. Frei von ihm, den Illusionen und frei für mein neues Leben.

5. Das Erdbeerfrühstück

Die Geschichte von Biggi

Biggi:

Ich habe den Tisch für zwei Personen gedeckt. Genau wie ich immer noch für zwei Personen einkaufe. Ich kann mich noch nicht daran gewöhnen. Aber ist das schlimm?

Ich höre den Toaster in der Küche klacken. Mein Toast ist fertig. Auf dieser Stufe habe ich ihn am liebsten nur leicht gebräunt.

Der jetzige Esstisch ist kleiner als der bisherige, den ich gewohnt war, den wir zusammen nutzten. Aber ich habe mich daran gewöhnt, ich mochte den Alten eh nicht wirklich. Er war aus Glas, und obwohl er ihn so mochte, hat er ihn, kurz nachdem ich auszog, verkauft. Konnte er es nicht mehr ertragen, alleine daran zu sitzen? Ich möchte nicht mehr darüber nachdenken, was er denkt oder ob es noch ein Comeback geben wird, denn nach gut vier Monaten weiß ich, es ist zu viel passiert. Dieses Leben ist nun besser für mich.

Einen Monat später.

Ich hole einen Brotkorb und lege den Toast, der noch warm ist, hinein. Ich schaue auf die Wanduhr im Wohnzimmer. Er scheint sich zu verspäten. Ich atme tief ein und aus und lächle. Ich habe keine Eile. Es ist mein erster männlicher Besuch seit der Trennung, also mein erstes Date, um es genauer auszudrücken. Auch wenn er frische Brötchen mitbringt, habe ich trotzdem Toast gemacht. Routine. Wir haben uns beim Bäcker um die Ecke kennengelernt. Ich würde es nicht Liebe auf den ersten Blick nennen. Er hat mir die letzten Croissants vor der Nase weggeschnappt und dabei noch spitzbübig gegrinst. Ich schaue aus dem Küchenfenster und versinke in Tagträumen.

Ein paar Minuten später.

Es klingelt und er kommt relativ zügig die Stufen durch das Treppenhaus zu mir herauf. Er ist so gar nicht mein Typ. Aber meine Freundin meint, es wird mal wieder Zeit, mich auf den Dating-Markt zu werfen.

Ich lächle ihm freundlich entgegen. Es muss ja nicht gleich die große Liebe sein. Und ein gemeinsames Frühstück ist ja kein Candle Light Diner.

Neugierig kommt er hinein. Seine Umarmung ist nett, aber ich würde nicht sagen, dass ein Funke überspringt. Ich zucke mit den Schultern. Vielleicht ist das auch besser so. Er schaut sich neugierig um. In der Zeit decke in den Esstisch weiter ein.

»Eine schöne Wohnung hast du«, sagt er, und ich höre, wie er leise hinter mich getreten ist. Mit einem Mal verändert sich etwas. Ich rieche sein Aftershave und schließe die Augen. Seine Stimme ist mit einem Mal so vertraut, obwohl wir uns kaum kennen. »Ich habe Erdbeeren mitgebracht«, flüstert er mir ins Ohr und eine Gänsehaut wandert über meinen Körper.

Vielleicht wird es doch anders als erwartet.

6. Im Kino

Die Geschichte von Pia

Pia:

In einem kleinen Kino. Dienstagnachmittag.

Ich frage mich, warum ich das nicht schon viel eher wieder gemacht habe. Gerade wird das Licht gedämmt und der Vorhang schließt sich langsam. Mit einer großen Portion Popcorn nur für mich alleine, einer Flasche Bier im Becherhalter an der rechten Seite meines Sitzes und einem erwartungsvollen Gefühl, fast wie ein Kind vor dem Heiligabend, warte ich auf den Beginn des Films. Auch die vorangegangene Werbung, die ja immer ewig erscheint, nimmt mir nicht die Vorfreude. Danach folgen ein paar Trailer für Filme, die bald anlaufen. Ich notiere mir in Gedanken ein paar der Titel. Die Filmabende für die nächsten paar Monate sind für mich hier gesichert.

Nach knapp einer halben Stunde ist es dann so weit: Der Film startet. Schon nach ungefähr zehn Minuten höre ich ein paar verängstigte Frauen halblaut aufschreien. Ich liebe Thriller und lache leise. Diese Spannung, dieser Nervenkitzel. Ich weiß zwar, dass ich, um zu Hause einzuschlafen zu können, wohl noch einen kurzen Trickfilm schauen werde und bestimmt mehrmals überprüfe, ob sich auch niemand im Kleiderschrank oder unter meinem Bett befindet, bevor ich schlafen gehe, aber das ist es wert.

Das letzte Mal, als ich Single war, hatte ich das auch gemacht. Genauso wie mich häufiger mit Freundinnen getroffen und für neue Bekanntschaften offen gewesen war. Warum gebe ich das eigentlich immer wieder auf, sobald ich mich in einer Beziehung befinde? Ich denke, weil es sich in dem Moment so gut anfühlt, zu jemandem zu gehören. Dass ich mich dabei unterordne, merke ich meist zu spät, leider, und dann dauert es ewig, bis ich mich aus dieser Situation, in die ich mich selbst begeben habe, wieder heraushole. Doch spielt da überhaupt der Mann an meiner Seite eine Rolle? Ich versuche das während der letzten paar Wochen immer wieder für mich zu reflektieren.

Mir wird auf einmal bewusst, dass ich die Männer, mit denen ich die letzten Jahre zusammen war, gar nicht richtig geliebt habe und oft in Illusionen gelebt habe. So richtig geliebt habe ich nur ein einziges Mal. Es ist schon lange her, dass ich wirkliche Gefühle für einen anderen Menschen empfunden habe, wird mir nach und nach bewusst.

Meine Partner sahen alle attraktiv aus, keine Frage und ich genoss es, mich mit ihnen zu zeigen. Außerdem tat mir die extreme Zuwendung, die verliebte Männer gerade am Anfang haben, sehr gut. Das Begehren und das Wertschätzen im Alltag und vor allem in sexueller Hinsicht habe ich als angenehm wahrgenommen. Doch kaum entstand eine gemeinsame Routine, schlief die Beziehung ein. Mir ist bewusst, dass ich wohl auch oft den Eindruck vermittelt haben muss, nicht mehr interessant zu sein. Ich übernahm eher die Rolle einer Mutter als die einer Partnerin. Ich hatte geglaubt, dass die Männer das wollten, aber es war das Gegenteil der Fall.

Mir wird bewusst, dass ich schon eine Weile nicht mehr auf den Film geachtet habe, weil mich meine Gedanken zu sehr abgelenkt haben.

Ich schaue zu den Kinobesuchern neben mir. Eine Frau klammert sich ängstlich an ihren Begleiter. Es versetzt mir auf der einen Seite einen kleinen Stich, doch anderseits fühle ich mich auch wohl damit, gerade nur für mich und meine Emotionen verantwortlich zu sein.

Die Handlung auf der Leinwand wird immer spannender und ich schaffe es nun doch immer mehr darin zu versinken. Ab und an nippe ich an dem Bier und greife in die Popcorntüte, die ich mir nur für mich gegönnt habe. Seit ich beschlossen habe, weniger zu arbeiten und mein Leben mehr zu genießen, kann ich solche Sachen wie nachmittags ins Kino zu gehen, auch umsetzen.

Außer mir sind nicht viele Gäste hier. Nur jede dritte Reihe ist besetzt, aber das finde ich bei einer Vorstellung um diese Uhrzeit gerade angenehm. Ganz hinten sitzen ein paar Jugendliche. Sie flüstern miteinander und kichern ab und zu. Mich stört es nicht.

Er hätte nicht mit mir den Film angeschaut. Es wäre nicht sein Geschmack gewesen. Aber das spielt keine Rolle mehr. Ich nehme mir vor, erst mal eine Weile mein Singleleben zu genießen. Wie lange? Das wird die Zeit zeigen. Denn das Leben kann man nicht planen. Wenn es Klick macht, wird es wieder um mich Geschehen sein, dagegen kann und werde ich wohl nie etwas unternehmen können. Aber eins weiß ich gewiss: Ich werde beim nächsten Mal nicht die gleichen Fehler machen. Vielleicht andere, aber meine bisherigen Erfahrungen prägen mein Leben.

Knapp zwei Stunden später.

Es ist Herbst und die Dämmerung setzt schon ein, als ich aus den Türen des Kinos nach draußen gehe.

28

Meine Popcorntüte ist noch halb gefüllt. Zum Weg-schmeißen finde ich es zu schade, deshalb nehme ich sie mit.

Auch wenn es leicht anfängt zu nieseln, beschließe ich nicht den Bus zu nehmen, sondern nach Hause zu laufen. Ich gehe stets an der Straße entlang, dort kann mir nichts passieren. Die Laternen schalten sich an und säumen meinen Weg. Ein wohliges Gefühl macht sich in mir breit. Morgen ist Mittwoch. Der heutige Tag war ein netter Ausgleich zu meinem gewöhnlichen Alltag gewesen. Gleich werde ich mir noch eine Klei-nigkeit kochen, danach baden gehen und dann lasse ich mich entspannt ins Bett sinken.

Der Regen wird stärker, doch ich habe einen Schirm dabei. Ich ziehe in aus meiner Tasche und spanne ihn auf. Ein Gewitter kündigt sich mit Donnergrollen an. Der Wetterbericht hatte also recht. Na ja, in gut zwanzig Minuten bin ich zu Hause. Und so ist es dann auch.

Ich freue mich schon jetzt auf meinen nächsten Kinobesuch.

7. Blick nach vorne

Die Geschichte von Kathrin

Kathrin:

Es war eine Trennung auf Raten. Das wusste er und das wusste ich. Schon vor fast einem Jahr wollte ich gehen und kündigte dies auch an. Es entstand eine räumliche Trennung innerhalb unserer gemeinsamen vier Wände. Was das änderte? Die Kluft zwischen uns wurde weiter. Ich hatte gehofft, dass er um mich kämpfen und sich für mich entscheiden würde. Er wählte den anderen Weg und wägte für sich nach und nach ab, dass die Trennung die einfachere Option für ihn war und ließ mich somit frei. Seitdem sind vier Monate vergangen und ich kann ihn ein Stück weit verstehen. Er ist nicht der Kämpfer und Macher. Er wollte zudem keine Diskussionen und Auseinandersetzungen mehr. So ist besser so für uns. Noch oft denke ich an unser gemeinsames Leben, aber die Erinnerungen tun nicht mehr ganz so weh wie zu Beginn. Wenn sie kommen, nehme ich sie wahr, aber lasse sie kurz darauf wieder ziehen. Trotzdem versetzt mir die ein oder andere Erinnerung ab und zu noch einen Stich ins Herz. Ich nehme das an und somit zieht auch der Schmerz weiter.

Ich stehe in meiner Küche und backe Muffins. Die Ersten, die ich nur für mich alleine backe. Ich könnte Freunde einladen, um sie gemeinsam zu essen, aber ich habe mich für einen anderen Weg entschieden. Ich werde einen Teil davon heute und morgen essen und den Rest in meiner neuen Gefriertruhe einfrieren. Dann kann ich sie bei einer passenden Gelegenheit auftauen.

Anfangs wollte ich keine neue Küche, aber die letzten Wochen, bevor diese kam, konnte ich es fast nicht mehr erwarten.

Mit jedem Rezept, was ich zubereite, finde ich wieder mehr zu meiner inneren Mitte. Trotzdem frage ich mich alle paar Tage, wie es ihm wohl geht. Aber eigentlich möchte ich es gar nicht wissen. Es ist so viel passiert und eine zweite Chance kommt für mich nicht mehr infrage. Die Enttäuschungen und Verletzungen waren zu groß. Ich bin froh, diese Erfahrungen hinter mir gelassen zu haben und mit jedem Tag mehr nach vorne schauen zu können. Ich fange sogar an, mir neue Ziele nur für mich selbst zu setzen. Dazu gehört auch ein zeitnaher Jobwechsel. Meinen alten Job habe ich jedoch noch nicht gekündigt, ich will warten, bis ich genau weiß, was ich will. Ich bin seit fast zehn Jahre bei meiner bisherigen Stelle angestellt, somit wird mein Umfeld dafür Verständnis haben, wenn ich auch hier einen Neuanfang wage. Natürlich werde ich dadurch Vertrautes hinter mir lassen müssen, aber wenn die Ist-Situation nicht mehr guttut, sollte man daran nicht mehr festhalten.

Ich sitze an meinem Schreibtisch und schreibe To-do-Listen und meine Ziele für die nächsten Wochen und Monate auf Zettel. Anschließend hefte ich diese an mein großes Memoboard. Veränderungen fallen mir nicht leicht, aber ich bin auch dankbar dafür, immer wieder die Chance zu bekommen, mein Leben neu zu sortieren und anders auszurichten.

Ob ich auch bald einen neuen Mann möchte?

Nein, ich fühle mich noch nicht wieder bereit, eine Beziehung einzugehen. Zu oft bin ich von einer Beziehung in die nächste gerutscht. Viel zu selten habe ich mir ausreichend Zeit zum Verarbeiten gelassen. Somit habe ich immer wieder alte Fehler und Muster wiederholt. Aber das muss ich ja auch noch nicht jetzt entscheiden. Ich nippe an meiner Kaffeetasse und zerreiße ein paar der alten Notizzettel. Dabei schmunzle ich. Er hat es mir nicht zugetraut, dass ich mich so schnell wieder aufrichten kann. Aber auch ich bin im Nachhinein beeindruckt von mir selbst, wie ich es trotz geringer Kraft geschafft habe, so schnell wieder meinen eigenen Weg zu gehen. Nachdem ich kurzfristig eine schöne neue Wohnung fand, organisierte ich den Umzug innerhalb einer Woche und zog ihn noch im selben Zeitraum durch.

Ich habe immer viel Zeit und Mühe in Beziehungen investiert und lange gekämpft, doch wenn ich einmal merkte, dass das Ende zum Greifen nah war, nahm ich, auch wenn es weh tat, die Realität an und begann meinen eigenen Weg zu gehen. Meine beste Freundin meinte mal, ich würde die Männer am Schluss immer noch mal total überraschen. Somit bewegte ich etwas bei ihnen, ohne es zu wollen.

Ich lache auf, das war schon irgendwie verrückt.

Aus meinem Handy, das hinter mir liegt, ertönt Musik. Eine Frau singt, es ist ein leichter Swing, begleitet von Klaviermusik. Ich finde auch meinen Musikgeschmack wieder neu. Oder eher: Ich höre Lieder, die mir schon vor Jahren gefielen, aber die mein Freund nicht mochte.

Eine meiner vier Katzen ringelt sich um meine Beine, die andere hüpft überrascht, aber gekonnt auf meinen Schoß und kringelt sich schnurrend darauf ein. Wozu brauche ich schon einen Mann? Das wieder alleine sein schmerzt zwar, aber die letzten Monate während der Beziehung fühlte ich mich auch nicht mehr wirklich zugehörig. Das war wohl, so weiß ich, der natürliche Lauf der Dinge.

Ich rieche den Duft der Muffins, die bald fertig sind und gehe Richtung Küche. Fast auf die Minute genau klingelt der Küchenwecker. Ich hole einen Holzspieß aus einer Schublade, ziehe einen Topfhandschuh an und öffne den Ofen. Zufrieden nicke ich, nachdem ich getestet habe, dass kein Teig mehr am Stäbchen hängen bleibt. Sie sind perfekt. Ich lege den Stab zur Seite und hole den zweiten Handschuh hervor, um die frischen gebräunten Backwaren aus dem Ofen zu holen.

Zwei Stunden später.

Ich liege auf der Couch, umgeben von meinen haarigen Lieblingen. Wir schauen die Biografie einer Frau, die von ihrem zweiten Ehemann übers Ohr gehauen wird. Er verkauft ihre Bilder unter seinem Namen und sie weiß es, wagt es aber jahrelang nicht, sich damit an die Öffentlichkeit zu wenden. Am Ende des Filmes schafft sie es doch und bekommt vor Gericht recht zugesprochen. Ich lächle zufrieden. Es gibt außer mir noch so viele starke Frauen auf dieser Welt. Oft trauen die Männer uns vieles nicht zu. Zum Glück können wir ihnen immer wieder das Gegenteil beweisen.

Ich war nicht verheiratet und habe auch lange um mein Recht gehört, geschätzt und anerkannt zu werde kämpfen müssen. Erst dachte ich, wenn ich gehe, verliere ich, aber das Gegenteil ist innerhalb der letzten Monate geschehen. Ich habe mich und meine Mitte wieder gewonnen und lebe nun ein freies Leben.

Ob es mir gut geht? Das kann ich noch nicht ganz beantworten, aber es geht mir auf jeden Fall von Tag zu Tag besser. Es war für mich die richtige Entscheidung gewesen.

8. Der Urlaub

Die Geschichte von Sabrina

Sabrina:

Es ist der erste Urlaub ohne ihn, doch zusammen weg-
gefahren sind wir schon lange nicht mehr. Wir konnten uns auf kein Urlaubsziel einigen. Vor zwei Jahren
war ein Urlaub möglich, aber es war nicht mehr das-
selbe gewesen wie zuvor. Ich hatte es gespürt. Und
nun sitze ich hier und überlege immer wieder hin und
her, wo ich meinen ersten Urlaub alleine in ein paar
Wochen verbringen möchte. Keine Diskussionen über
das Reiseziel oder andere Absprachen sind nötig. Ich
finde das gut und doch ist es ungewohnt, auch wenn
ihm Urlaub nie so wichtig gewesen war wie mir. Es
war ein anderer Ort gewesen, aber wir blieben die
Gleichen und das die Chemie zwischen uns nicht ge-
stimmt hatte, blieb ebenfalls gleich. Daran konnte
Wegfahren nichts ändern. Ich weiß nun, dass ich ihn
nie wirklich geliebt habe. Es gab bisher nur einen
Mann, für den ich Liebe empfunden habe, aber das ist
schon lange her.

Heute, knapp ein halbes Jahr nach der Trennung,
kann ich mir nicht einmal mehr erklären, warum ich
so lange mit ihm zusammen gewesen war. Nicht, dass
jeder Tag eine Qual gewesen wäre, nein, aber die Luft
war nach und nach entwichen und die anfängliche
Anziehung verpufft. Manchmal frage ich mich, ob ich
hätte eher gehen sollen? Keiner meiner Freundinnen

hat verstanden, warum ich es nicht getan hatte. Ich brauchte das Gefühl, alles für die Rettung der Beziehung getan zu haben. Und das habe ich.

Ein paar Stunden später.

Ich sitze vor meinem Laptop und habe die Homepage eines Reiseveranstalters geöffnet. Möchte ich lieber ans Meer oder in die Berge fahren? Ich entscheide mich fürs Meer und lächle zufrieden. Urlaub an der Nordsee in Holland? Oder was Neues ausprobieren und die Ostsee und das Umland erkundigen? Ich habe dort Freunde, die ich schon lange nicht mehr gesehen habe. Alles ist für mich möglich. Das ist ein Fluch und Segen zugleich, weil es die Entscheidung nicht einfacher macht. Aber ein paar Wochen Zeit habe ich ja noch, bis mein Urlaub beginnt, also muss ich mich jetzt noch nicht endgültig festlegen. Ich sichte verschiedene Angebote, scrolle von oben nach unten.

Bald darauf schließe ich erst mal die Seite und fahre den Laptop herunter. Ich werde noch mal eine Nacht drüber schlafen.

Am nächsten Morgen.

Ich sitze auf meinem Balkon. Er hat genau die richtige Größe, um darauf einen Tisch, zwei bequeme Stühle und ein paar Blumentöpfe zu platzieren.

Ich nippe an meiner dritten Tasse Kaffee. Wirklich viele Grünpflanzen habe ich nicht. Mein grüner Daumen ist nicht unbedingt ausgereift, aber um ein paar Kräuter ein paar Wochen Aufrechtzuhalten, reicht es allemal. Er mochte keine Pflanzen in der Wohnung. Vielleicht hatte unser Zuhause deswegen etwas steril gewirkt? Dennoch waren wir beide bemüht gewesen, unsere Wohnung mit Leben zu füllen.

Meine neue Wohnung erstrahlt in freundlichen Tönen. Es gibt viel Grün- und Türkistöne und teilweise finden sich auch rot und orangene Akzente dazwischen. Eigentlich fühlt es sich hier schon ein wenig wie Urlaub an. Aber mir ist bewusst, dass es wichtig für mich ist, noch mal wegzufahren und etwas anderes zu sehen und schrittweise alte Erinnerungen durch neue Erlebnisse auszutauschen. Wir waren lange zusammen und das kann und werde ich von heute auf morgen nicht verdrängen können – auch wenn ich dieses Kapitel gerne für mich abschließen würde. Auf der anderen Seite war nicht alles schlecht gewesen und es ist bestimmt nicht verkehrt, ein paar schöne Erinnerungsbilder zu behalten.

Unsere gemeinsamen Fotos habe ich entsorgt. Lediglich die mir wichtigsten Dateien habe ich auf einem USB-Stick gesichert. Auch wenn ich denke, dass ich ihn nie wieder einstecken werde. Wozu auch? Es gibt für mich kein Zurück mehr und ich spüre, dass wir in diesem Punkt beide einer Meinung sind.

Mein Handy blinkt auf. Eine meiner Tanten ruft an. Vielleicht wird es auch einfach mal wieder Zeit, ein paar Verwandte, die ich schon ewig nicht mehr gesehen habe, zu besuchen? Ich vermisse die direkten Gespräche mit ihnen. Das ist immer etwas anderes, als übers Telefon oder über einen Videochat mit ihnen zu reden. Trotzdem beschließe ich, den Anruf nicht direkt jetzt anzunehmen, sondern erst meinen neuen Gedanken wirken zu lassen. Ich will mich auch nicht aufdrängen. Ich gehe zu meinem Schreibtisch und hole mein Tagebuch aus einer Schublade. In dieser Hinsicht bin ich noch ›Old School‹, wie meine Schüler sagen würden. Ich bin Lehrerin an einem Gymnasium für

Deutsch und Geschichte. Es ist nicht immer einfach, aber ich liebe meinen Job und kann mir keinen Besseren vorstellen.

Der Stift schreibt meine Gedanken nieder. Nachdem ich ein paar Seiten gefüllt habe, nicke ich zufrieden. Ja, so werde ich es machen: Ein paar freie Tage für mich und dazwischen einige Momente mit meinen Lieblingsmenschen.

Es ist Mitte Juli und das Wetter ist sehr unbeständig, aber ich hoffe, dass es in vier Wochen besser aussehen wird. Auch wenn ich den Sommer bisher nicht grundsätzlich schlecht fand, bin ich der Meinung, dass er noch Luft nach oben hat. Meist ist es die Wetterlage im August und September etwas stabiler.

Da fällt mir ein, dass ich mir mal einen neuen Bikini gönnen könnte. Ich habe durch die Trennung einiges an Gewicht verloren. Es war nicht geplant und erst habe ich darunter gelitten, da mich mein Umfeld dauernd darauf ansprach und sich Sorgen um mich machte. Langsam nehme ich wieder zu, aber ich weiß auch, dass es noch etwas Zeit braucht, bis ich meine alte Figur wiederhabe, genauso wie es Zeit braucht, bis ich meine innere Mitte wieder gefunden habe. Aber das ist okay, ich lasse mir diese Zeit, bis ich wieder im Einklang mit mir selbst sein werde.

Zwei Stunden später.

Ich habe gerade das Telefonat mit meiner Tante beendet, nachdem ich dann doch noch beschlossen hatte, sie anzurufen. Sie freut sich sehr über meinen Besuch. Nicht weit von ihr entfernt befindet sich ein kleines, nettes Hotel. Sie kennt die Besitzer, es sind Bekannte von ihr. Sie wird dort ein Zimmer für mich buchen. Und auch meine anderen Tanten, die nicht weit von dort entfernt wohnen, werde ich gleich über meinen Besuch informieren. Erst jetzt wird mir bewusst, wie sehr ich sie vermisst habe. Ich freue mich schon, sie bald wieder zu sehen und in die Arme schließen zu können. Das wird der erste Besuch ohne ihn sein. Nein, es liegt nicht an ihm, dass ich es so lange aufgeschoben habe. Nein, es kam einfach der Alltag mit den vielen Streitereien dazwischen und oft fühlte ich mich für lange Fahrten zu müde und zu erschöpft. Doch nun nicht mehr.

9. Freunde

Die Geschichte von Rani

Rani:

Ich sitze in meiner Wohnung und schreibe einen Brief an eine meiner besten Freundinnen. Seit Kindheitstagen hegen wir eine Brieffreundschaft und sehen uns zweimal im Jahr. Auch wenn durch die Handys die Nutzung des Postwegs seltener geworden ist, halten wir teilweise trotzdem noch daran fest.

Und somit wird mir immer wieder bewusst, dass unsere enge Verbindung nie jemand oder etwas trennen können wird.

Seit der Trennung, die nun bald ein dreiviertel Jahr her ist, denke ich oft darüber nach, wer meine wahren Freunde sind, beziehungsweise welche Menschen mir, genau wie mein Ex-Partner, schon lange nicht mehr guttun. Das hat nicht mal etwas mit den Personen an sich zu tun, oder mit ihm, sondern ich habe mich über die letzten Jahre verändert. Ich habe gelernt, intensiver zu spüren, was mir guttut und nehme deswegen mein Umfeld genauer unter die Lupe. Mit Menschen, die eine negative Aura oder keine gute Energie haben, fühle ich mich nicht mehr verbunden. Sie sind wie Vampire. Sie haben mir mehr Kraft geraubt als gegeben.

Ich möchte mich nicht nur mit anderen verbunden fühlen, sondern sie als Bereicherung für mein Leben empfinden. Ich will sie nicht bloß brauchen, um mich wertgeschätzt und geliebt zu fühlen, denn daran, dass ich das auch alleine kann, arbeite ich inzwischen täglich. Mit jedem Tag, den ich meistere, an dem ich mein Leben freier und besser gestalte, spüre ich Stolz in mir und nehme wahr, wie ich mich innerlich wieder aufrichte.

Die letzte Beziehung hatte mir anfangs viel gegeben, ich war davor auch frei gewesen. Doch wie so oft lernte ich nicht daraus und verfiel während der letzten Jahre wieder in alte Muster. Aber wer mag es mir verdenken? Wollen wir nicht alle geliebt und wertgeschätzt werden?

Ich nehme mir vor, diesmal weniger im Außen, sondern mehr in meinem Inneren zu bleiben, bevor ich mich wieder ganz auf eine neue Beziehung einlasse. Und ich bin mir sicher: Diesmal werde ich es schaffen. Beim nächsten Mal soll die Beziehung auch nicht der einzige Fokus in meinem Leben sein.

Ich habe den Brief so gut wie beendet. Gerade vollende ich den letzten Satz.

Die Zeit, die ich für mich hatte, hat mir in den letzten Monaten sehr gutgetan und obwohl oder gerade weil ich nur wenige Freunde habe, mit denen ich etwas unternahm, war es mir jeden Tag besser ergangen. Ob ich wieder die alte Person, die ich vor der Beziehung war, bin? Nein, das würde ich nicht sagen, man findet sich schließlich jedes Mal ein Stückchen anders wieder. Eigentlich wollte ich mich nicht verändern, denn ich fand mich gut. Doch mein etwas besseres Ich fühlt sich nun doch richtig an.

Mein Weg ist der richtige und ich habe nicht mehr vor, davon abzuweichen. Meine wahren Freunde werden mich immer begleiten, egal ob ich mit ihnen schriftlich Kontakt halte oder sie real sehe. Dabei spielt es keine Rolle, ob wir uns zweimal im Jahr, alle paar Wochen oder einmal im Monat treffen. Egal, ob nur ein paar Stunden oder einen ganzen Tag. Und vielleicht kommen in Zukunft auch neue Freunde dazu, das lasse ich alles auf mich zukommen.

Ich lächle zufrieden, stecke den Brief in einen Umschlag, schließe ihn, schreibe die Adressen darauf und frankiere ihn. Den Weg zum Briefkasten werde ich direkt mit einem kleinen Spaziergang verknüpfen. Ich liebe es, vieles wieder zu Fuß erledigen zu können. Meine Wohnung liegt ruhig, aber nicht weit von der Stadt entfernt. Es ist eine schöne Mischung. Seit drei Monaten habe ich das Gefühl, hier richtig angekommen zu sein. Ich liebe mein neues Leben und gewinne wieder ein neues Körpergefühl für mich.

Ich habe einen Verehrer und genieße es einfach, ohne mir den Kopf darüber zu sehr zu zerbrechen. Hauptsache keinen Druck, nicht für mich, nicht für ihn, nicht für uns. Keiner kann sagen, was daraus wird. Vielleicht nur eine Affäre von ein paar Monaten oder doch mehr? Wir haben uns bisher noch nicht oft gesehen und doch erscheint er mir vertraut. Und er war immer in meine Nähe, ohne dass ich es gemerkt hatte. Ist das Schicksal? Wer weiß, ich will es nicht hinterfragen, auch wenn meine Gedanken schwanken und ich ab und an hoffe, dass es diesmal besser wird. Aber eine Garantie, so weiß ich, gibt es nicht. Bisher spüre ich ihm gegenüber keine große Liebe, aber eine immer stärker wachsende Sympathie und ich weiß, dass es ihm genauso ergeht. Warum also dem Ganzen gleich einen Namen geben? Es spielt somit keine Rolle, ob wir eine gute Zeit verbringen, ein Paar werden oder auch nicht.

Jeder Gedanke an ihn fühlt sich richtig an und ich möchte ihn nicht mehr missen. Auch wenn etwas Angst mitschwingt. Ich will nicht zu viel hoffen und dadurch wieder verletzlich sein. Doch auch wenn er es nicht sagt, so glaube ich zu spüren, dass es ihm genauso ergeht. Wir wollen nicht, dass es zu schnell geht und ziehen uns im Wechsel immer mal wieder von dem anderen zurück. Das ist nicht immer einfach, aber in Ordnung. Wir haben alle Zeit der Welt.

Gegen Abend.

Ich sitze auf meinem Balkon und habe Teelichter in einer großen Laterne, die auf der Mitte des runden Tisches steht, angezündet. Vor mir steht ein Glas mit Rosé und daneben ein Teller mit Antipasti. Eine meiner drei Katzen streift schnurrend um meine Beine und ich weiß, dass sie gleich zum Sprung ansetzen wird, um es sich auf meinem Schoß bequem zu machen.

Ich schließe für einen Moment die Augen und lausche der Musik aus der unteren Wohnung und einem halblauten, herzlichen Gespräch der Nachbarn von nebenan.

10. Der Abschied

Die Geschichte von Yvonne

Yvonne:

Ja, ich denke, nach gut einem Jahr bin ich so weit. Ich bin bereit für den endgültigen Abschied von ihm. Eigentlich war ich es schon vor einem halben Jahr, aber irgendwie wollte ich es mir damals noch nicht eingestehen. Aber bei einer Trennung gibt es kein Zeitlimit. Das weiß ich und das weiß er.

Ich habe ihn seit unserem letzten Abschied, zwei Tage bevor ich ausgezogen bin, nicht gesehen. Wir hatten alles abgesprochen. Er meinte, ich solle mitnehmen, was ich bräuchte. Aber ich wollte ihn dann doch nicht in einer halb leeren Wohnung sitzen lassen und in die neue Wohnung so wenig Erinnerungen wie möglich mitnehmen. Es war mein Neustart, mein neues Leben. Damals fühlte es sich noch nicht frei an. Aber nicht einmal vier Monate später schon. Es ist beeindruckend, wie schnell die Zeit Wunden heilen lässt.

Wie genau ich Abschied nehme? Darüber habe ich lange nachgedacht. Manche Erinnerungen kamen und gingen, indem ich meinen Alltag nach und nach alleine bestritt, alte Wege ging oder neue fand. Jeden Einkauf, den ich nur für mich verrichtete, Gerichte, die ich sonst für uns gekocht hatte und nun nur für mich zubereitet, die Wohnung gestalten, Freunde und Verwandte ohne ihn zu besuchen, all das war zuerst eine Herausforderung, aber am Ende half es mir. Wobei an meinem neuen Wohnort nicht alles neu ist, vor vielen Jahren hatte ich schon einmal hier gelebt. Bei dem Gedanken muss ich schmunzeln. Hier schließt sich der Kreis. In diesem Ort habe ich meine Ausbildung abgeschlossen und noch heute habe ich Freunde hier. Es sind nicht viele, aber es sind wahre Freunde. Und meine neuen Nachbarn sind mir auch direkt offen und herzlich begegnet.

Ich bin schon oft umgezogen. Ich habe im Wechsel im Dachgeschoss und im Erdgeschoß gewohnt. Es gab dunkle Wohnungen, helle Wohnungen, kleine und große. Mal lebte ich alleine, dann mit einem Mann zusammen. Rastlos zog ich regelmäßig um und vergaß, dass ich mich selbst und meine innere Unausgeglichenheit immer mitnahm. So war es auch beim letzten Umzug. Im Nachhinein ist klar, dass ich deswegen auch am letzten Ort nicht glücklich werden konnte.

Doch diesmal ist alles anders. Hier fühlt sich alles richtig und besser an. Ich beginne einen anderen Weg für mich zu gehen und ich bin zuversichtlich, dass die Rastlosigkeit hier ein Ende hat. Das wird mit fast vierzig Jahren ja auch langsam Zeit.

Ich nehme heute nicht nur Abschied von ihm und der alten Beziehung, sondern auch von meiner inneren Unzufriedenheit.

Ich liebe meine neue Wohnung und mein neues Leben und hege keine Wut mehr gegen ihn. Ich trage keinen Schmerz mehr in mir, ich verzeihe alles, was in den letzten Jahren zwischen uns vorgefallen ist.

Ich hoffe, dass auch er so glücklich und frei wird wie ich und eines Tages Abschied nehmen kann. Ich bereue nichts, es gab kein falsch und kein richtig. Es wurde einfach nach einer gewissen Zeit klar, dass ich meinen eigenen Weg gehen muss.

11. Keine zweite Chance

Die Geschichte von Sibylle

Sibylle:

Wie oft hatte ich im Kopf durchgespielt, dass er und ich noch eine zweite Chance haben werden? Unzählige Male schloss ich die Augen und sah, wie er vor meiner Arbeitsstelle auf mich wartete oder es mit einem Mal am Wochenende bei mir klingelte und er vor meiner Wohnungstür stand. Und dann würden wir reden, immer und immer wieder. Er würde sich entschuldigen und ich? Tja, irgendwie stellte sich trotzdem auch da kein wirkliches Happy End bei mir ein. Es war einfach zu viel passiert. Ich kann es mir gar nicht mehr vorstellen, noch mal mit ihm zusammenzukommen. Es ist nicht wie in Filmen, dass man alles verzeiht und einfach noch mal von vorne beginnt. Man kann sich nicht noch einmal unbefangen neu kennenlernen. Dafür hat man sich gegenseitig zu sehr verletzt, das ist mir jetzt bewusst. Es hat seine Gründe, dass wir beschlossen haben, getrennte Wege zu gehen.

Wir haben uns nicht mehr zusammen weiterentwickelt. Anfangs war ich wütend und enttäuscht darüber. Ich hatte den Eindruck, dass ich genug gekämpft hätte und nun er an der Reihe war. Aber er sah keinen Grund darin. Auch wenn ich ihm ansah, dass es ihm genauso weh tat wie mir, dass unsere Beziehung offiziell ein Ende gefunden hatte.

Heute bin ich ihm dankbar, dass er nicht noch mal auf mich zukommen ist. Denn es gibt nichts mehr, um das es sich zu kämpfen lohnt. Die Beziehung ist nicht mehr die, die sie mal war. Es gibt nichts, worauf wir erneut aufbauen könnten. Es existiert keine Basis mehr und ich frage mich gerade, ob es die überhaupt je gab? Vielleicht war das das Problem gewesen, dass wir sie nie wirklich gefunden hatten. Die ganze Beziehung war immer wieder ein Kampf gewesen, bei dem jeder versucht hatte, auf seine Eigenständigkeit zu pochen. Somit ließen wir uns nie ganz fallen, oder genauer gesagt, wir gingen nie genug auf den anderen ein. Ja, auch ich habe meinen Teil dazu beigetragen, damit die Beziehung nie richtig rund werden konnte. Es gehören nun mal zwei Menschen sowohl zum Gelingen als auch zum Scheitern einer Liebe dazu.

Und wenn er in zwei Monaten vielleicht doch noch mal vor meiner Tür steht? Ich gehe nicht davon aus, denn wir haben uns beide für ein Leben ohne den anderen entschieden. Auch wenn wir seit der Trennung keinen Kontakt mehr haben, so spüre ich, dass auch er nun innerlich angekommen ist und wünsche ihm das auch. Das heißt nicht, dass ich eine neue Liebe bei ihm gutheißen würde. Ich hoffe einfach für ihn, dass er endlich für sich innerlich ankommen und sein Leben so leben kann, wie es ihn glücklich macht. Ob alleine, oder mit einer anderen Frau, das muss er für sich selbst entscheiden.

Ich bin in Gedanken noch ab und zu bei ihm, aber ich möchte es nicht zu oft sein, denn wenn ich nicht bei mir bin, fühle ich mich schwach und bedürftig. Ich war sehr oft darauf bedacht, wie es ihm geht und habe versucht, vor allem auf ihn und seine Bedürfnisse einzugehen, weil ich hoffte, dass er mir dann die gleiche Art an Wertschätzung geben würde. Mein Wunsch war es, dass wir irgendwann wie eine Art Tanzpaar zusammen übers Parkett schwingen würden. Jeder würde mal sanft im Wechsel führen und doch würden wir leidenschaftlich miteinander verbunden sein. Doch zu diesem Bild ist es nie gekommen. Und darüber bin ich froh, denn somit habe ich die Chance, alleine und frei für mich zu tanzen, so wie ich es gerne in meiner neuen Wohnung tue oder mit Freundinnen und vielleicht irgendwann mit einem neuen Partner. Dieser Tanz wird dann stimmiger sein. Ich gebe die Hoffnung nicht auf.

Die Vergangenheit gehört zu meinem Leben dazu, die Erfahrungen – auch die mit ihm –, haben mich geprägt und ich bereue nichts davon.

Ich bin erstaunt, zwei Wochen nach der Trennung dachte ich, dass letzte richtige Lösen wird nie passieren und die Schmerzen nie vergehen. Doch es wurde nach und nach weniger, bis es irgendwann ganz verging. Nur noch selten habe ich Erinnerungen an ihn, die ich mit Traurigkeit verbinde. Ich lasse sie einfach zu, sie sind ein Teil von mir. Er wird immer einen Bereich in meinem Herzen haben, doch nie mehr so viel Raum einnehmen, dass es ungesund wäre und das ist gut so.

Gegen Abend.

Seit Ewigkeiten gehe ich mit Freundinnen mal wieder aus, tanzen. Frei und ohne Erwartungen mache ich mich für den Abend vor meinem Schlafzimmerspiegel zurecht. Ich habe mir ein neues Kleid gekauft und stecke gerade mein Haar hoch, aber ein klein wenig anders, als ich es vor einer Weile noch getragen habe. Ich wollte mich nach der Trennung nicht direkt komplett verändern, aber irgendwie geschah es dann nach und nach doch von alleine. Innerlich wie äußerlich. Es ist in Ordnung, ich bin bereit dafür.

Ich öffne meinen Kleiderschrank. Die Kleidungsstücke darin leuchten in hellen, klaren und freundlichen Farben. Auch ein paar neue edle Kleidungsstücke sind dabei. Ich habe sie mir erst vor Kurzem gekauft und weiß noch nicht, zu welcher Gelegenheit ich sie tragen werde, aber das spielt auch keine Rolle. Die Gewissheit, dass ich sie habe, reicht mir schon.

Ich habe jedoch nicht alles aus meinem alten Leben aussortiert. Denn es gab auch schöne Erinnerungen: Gemeinsame Urlaube, Geburtstage, Feiertage, die wir miteinander verbracht haben und dabei glücklich waren. Ich denke mit einem sanften Lächeln zurück und streiche mir dabei eine Haarsträhne aus dem Gesicht, die sich aus der Frisur gelöst hat. Er mochte mein langes Haar immer, ich auch.

Ich bin etwas schlanker als zuvor, das ist mein neues Ich. Zufrieden drehe ich mich um und ziehe meine Tanzschuhe an.

12. Berührt

Die Geschichte von Patricia

Patricia:

Ja, ich bin nun seit einer gewissen Zeit alleine, aber sollte ich deswegen mit meinem Ex noch mal einen Neustart wagen? Ich bin Anfang vierzig und meine Erfahrung sagt mir, dass das nicht funktionieren wird. Zu Beginn wird der Hormonrausch da sein, aber wenn dieser abflaut, geht das Drama wieder von vorne los. Ein Beziehungstod auf Raten, das habe ich schon ein paar Mal erlebt. Ich habe mich gerade von der letzten Trennung so gut erholt, wieder meine innere Mitte gefunden, fühle mich angekommen, und trotzdem bin ich noch immer verletzlich.

Meine neue Wohnung ist soweit fertig eingerichtet und ich lebe mich dort mit jedem Tag mehr und mehr ein. Ich bin in meine alte Heimat gezogen und umgebe mich mit wirklich guten Freunden. Zudem starte ich in drei Wochen in einen neuen Job. Es war viel auf einmal zu bewältigen und ich dachte, ich würde nicht die Kraft dazu haben, nach alldem mich auch noch zusätzlich beruflich neu zu orientieren, aber als ich dann die ersten Bewerbungen schrieb, schien es wie von selbst zu gehen. Ich musste gar nicht mehr viel tun.

Ich stehe in meinem Schlafzimmer vor dem Bett. Eine geöffnete Reisetasche liegt vor mir. Meinen Resturlaub werde ich nutzen, um Verwandte, die ich schon ewig nicht mehr gesehen habe, zu besuchen. Während der letzten Jahre war ich viel zu sehr mit mir beschäftigt gewesen, aber das soll sich ab sofort wieder ändern. So wie sich schon so viel während der letzten paar Wochen und Monate geändert hat.

Bald ist fast ein Jahr seit der Trennung vergangen, die Erinnerungen verblassen immer mehr und ich bin auch nicht mehr traurig, sondern dankbar, dass ich die Chance hatte, noch mal neu zu beginnen, und dies schnell und gut umgesetzt habe. Dabei hatte ich Rückhalt von Freunden, aber die Hauptaufgaben habe ich alleine bewältigt und auch die meisten Entscheidungen habe ich selbstständig getroffen und umgesetzt. Ich habe gelernt, nach einer sehr langen Beziehung wieder Verantwortung für mein eigenes Leben zu übernehmen. Erstaunlicherweise ist das mir besser gelungen, als ich zu Beginn dachte. Eigentlich konnte ich das schon immer, besonders wenn ich wieder Single war. Doch irgendwie verlor ich diese Gabe oft, wenn ich in einer Beziehung steckte. Aber beim nächsten Mal, so nehme ich mir vor, wird das anders werden.

Zwei Wochen nach der Trennung war ich zu Tode betrübt. Mein Herz tat unglaublich weh und ich glaubte nicht daran, je wieder einem neuen Mann zu vertrauen und mich bei ihm sicher fühlen zu können. Aber heute weiß ich, es wird, wie nach den letzten Trennungen auch nach dieser wieder möglich sein. Ich habe es schließlich bisher immer wieder geschafft, mein Herz zu öffnen. Ein guter Freund gab mir jedoch den Tipp, mir diesmal Zeit zu lassen. Ich sollte gut auf mich achten, auch wenn ich glaube, mich wieder stark zu fühlen.

Mein Smartphone blinkt auf. Es ist eine Nachricht von ihm. Keine Ahnung, was da zwischen uns läuft. Vielleicht muss man das auch noch gar nicht benennen. Mein Herz ist wieder offen, ob es allerdings für eine neue Liebe bereit ist, weiß ich noch nicht.

Eigentlich möchte ich im Moment keine Beziehung führen. Bisher fühle ich mich in seiner Nähe einfach wohl und geborgen, so als wäre es schon immer so gewesen. Ich verspüre auch eine Art Sicherheit und Vertrautheit in seiner Gegenwart, aber ich möchte mich nicht schon wieder unterordnen und mich direkt in der nächsten Beziehung verlieren.

Ich schließe die Augen und denke daran, wie er mir nähergekommen und mich das erste Mal berührt hat. Erst ganz sachte, dann stürmisch, erkundete er meinen Körper. Ich war so etwas gar nicht mehr gewohnt, die Leidenschaft meines Ex blieb immer auf Sparflamme. Er hatte mehr erhalten als geben. Aber ich möchte nicht mehr vergleichen.

Der Neue streicht mir übers Gesicht, so wie ich es am liebsten mag und berührt mich auf eine Weise, wie ich es selbst noch nie getan habe. Seine Hand glitt in meine Hose und ich seufzte auf.

Auch wenn ich alleine bin, fühle ich mich nicht mehr einsam. Auch wenn ich nicht weiß, ob wir ein Paar werden oder nicht, es beruhigt mich, ihn in meiner Nähe zu wissen, denn dort fühle ich mich wohl. Er ist nie fern von mir, er hat schon jetzt einen Platz in meinem Herz gefunden und ich hoffe, dass es ihm mit mir genauso ergeht.

Eine Stunde später.

Ich komme mit einem zufriedenen Lächeln aus dem Bad und nehme mein Handy vom Nachtisch, wo ich es abgelegt hatte. Dann rufe ich die Nachricht auf, die er mir vorhin geschickt hat. Er fragt, ob wir uns heute noch sehen, da ich ja morgen schon sehr früh aufbreche. Ich lache auf und tippe eine Antwort in mein

Handy. Natürlich möchte ich ihn noch sehen, vor allem wenn er das ebenfalls möchte.

Ich will mich nicht direkt in eine neue Beziehung verlieren, aber ich genieße es, ihn um mich zu haben. Er schätzt mich und ich schätze ihn. Es fühlt sich nicht wie ein Kampf an, sondern wie ein Miteinander auf Augenhöhe. Was auch immer es wird, der Faktor Zeit spielt keine Rolle. Ich will für den Moment einfach nur genießen.

Mein Handy blinkt abermals auf. Er wird in einer halben Stunde hier sein. Ich gehe ins Schlafzimmer, um meine Tasche fertig zu packen und diese dann erst mal auf dem Boden abzustellen. Dann gehe ich in die Küche, stelle Bier kalt und fange an, uns aus verschiedenen Resten ein kleines Abendessen zuzubereiten. Auch wenn ich vermute, dass wir dieses erst viel später als eine Art Mitternachts Snack zu uns nehmen werden. Dieses Ritual hat sich schon länger bei uns eingespielt und ich möchte es nicht mehr missen. Ich schmunzle und streiche mir ein paar meiner braunen Naturlocken aus dem Gesicht. Froh darüber, dass er mich vor ein paar Monaten berührt hat, öffne ich ihm bald darauf die Wohnungstür und lasse ihn dadurch ein Stückchen mehr in mein nun freies Herz hinein.

13. Der Vogel

Die Geschichte von Dana

Dana:

In einer Zoohandlung am Ende einer Großstadt.

Sie haben gesagt, ich soll mir ein Haustier anschaffen, dann würde ich mich nicht mehr so alleine fühlen. Nein, sie haben es nicht ›alleine‹ genannt, sondern ›einsam‹. Sie, meine Verwandte und Freunde, die nicht mal Single sind. Bei denen nicht schon wieder eine Beziehung gescheitert ist und die nicht neu anfangen müssen. Nein, bei ihnen läuft alles einfach so, wie es laufen soll. Verliebt, verlobt, verheiratet, Kinder und Alltag. Sie wirken nicht überglücklich, aber auch nicht tief bedrückt, sie waren nie lange alleine. Sie hatten Glück gehabt oder andere sind Vernunftehen eingegangen. Das klingt heutzutage seltsam, aber für manche Paare ist es eine Option. Für mich jedoch nicht, deswegen bin ich sehr froh über die Trennung. Die Beziehung entwickelte sich in solch eine Richtung, in der man zusammen ist, weil es vernünftiger erscheint. Nicht jeder braucht die große Liebe, um glücklich zu sein, aber ich sehne mich danach. Richtig verliebt war ich, wenn ich mich recht erinnere, nur ein einziges Mal im Leben. Alles danach waren Schwärmereien, oder ich hatte mich geschmeichelt gefühlt, wie sich Männer um mich bemühten. Leider ging ich zu oft viel zu schnell auf ihre Bemühungen ein und machte mich dadurch schnell uninteressant. Ich weckte bei ihnen dadurch keinen Jagdinstinkt mehr.

»Habe ich zu hohe Ansprüche?«, überlege ich, als ich durch die Gänge des Ladens gehe. Er ist nicht besonders groß, aber bietet Platz für ein paar Aquarien mit Fischen und zwei Vogelkäfige.

Ich bleibe vor einem der Käfige stehen. Aufgeregt springen die zwei Vögel darin von ihren Stangen auf und ab. Dabei schreien sie, um auf sich aufmerksam zu machen. Nachdenklich schaue ich ihnen dabei zu. Ist es das, was ich will? Habe ich nicht selbst in einer Art Käfig gelebt?

»Möchten Sie einen kaufen?«, fragt mich eine freundliche Männerstimme.

Ich zucke erschrocken zusammen. Ich habe gar nicht bemerkt, wie er neben mich getreten ist.

Kleine Lachfalten umspielen seine Augen. Er hat lange, blonde Locken, die er zu einem Pferdeschwanz im Nacken zusammengebunden hat und einen Vollbart. Mein Herz fängt an, schneller zu schlagen und ich beginne mich in dem Moment über mich selbst zu wundern. Ich rede viel und gerne, doch in diesem Moment hat es mir die Sprache verschlagen. Erwartungsvoll schaut er mich an und fängt an zu grinsen.

»Ich kann Ihnen auch einen herausholen. Wenn ich ihn festhalte, können Sie ihn streicheln und ein Gefühl dafür bekommen.«

Mein Mund öffnet sich, doch es kommen immer noch keine Worte heraus. Da der Verkäufer aber eine Antwort erwartet, ringe ich mich zu einem Nicken durch. Er lacht laut auf, öffnet kurz darauf den Käfig und greift vorsichtig, aber bestimmend nach einem der beiden fedrigen Tiere.

Der Vogel zappelt erst, lässt es dann aber über sich ergehen. Der Mann hält ihn mir entgegen. Mit den Fingern hat er sachte die Flügel umschlossen, damit das Tier nicht wegfliegen kann. Mein Herz scheint fast aus meiner Brunst zu springen, als ich über den Kopf des kleinen Tieres streichle. Ob er gerne frei wäre?

Der Mann lächelt mich zaghaft an, ich tue es ihm gleich. Die Zeit scheint still zu stehen. Bin ich verliebt? Das weiß ich nicht. Soll ich den Vogel kaufen? Ich werde eine Nacht darüber schlafen. Das sage ich auch dem Verkäufer. Er nickt mir zu und lächelt abermals. Ein wohliges Gefühl macht sich in mir breit.

14. Der Tausch

Die Geschichte von Simone

Simone:

Ich sitze auf meinem neuen Sessel und höre Musik, dabei streichle ich gedankenverloren meine Katze, sie schnurrt zufrieden. Das gibt mir Sicherheit und ich fühle mich nun nach fast einem halben Jahr in der neuen Wohnung angekommen. Dadurch, dass ich eine große Entscheidung getroffen habe, hat sich mein Leben innerhalb der letzten Monate von Grund auf verändert. Es ist nicht alles perfekt und täglich habe ich mit neuen Stolpersteinen zu kämpfen, doch ich gebe nicht auf.

Vor ein paar Tagen hatte ich eine üble Zahnfleischentzündung und wollte nicht zum Zahnarzt. Ich versuchte mich mit Hausmitteln und ab und an, wenn es in der Nacht besonders schlimm war, mit Schmerzmitteln über Wasser zu halten. Zeitgleich wollte ich aber auch auf keine Lebensmittel und unpassende Getränke bei so einem Problem verzichten. Das war natürlich nicht so schlau, deshalb nahm das Ganze seinen Lauf.

Am Ende saß ich an einem Samstag bei einem Zahnarzt in der Notfallsprechstunde. Es war eine schmerzhafte Prozedur, aber der behandelnde Zahnarzt war sehr emphatisch. Noch zweimal würde ich kommen müssen, damit wir sicher sein konnten, dass mein Zahnfleisch wirklich wieder gesund war. Aber was hat das genau mit meinem Tausch zu tun? Ach ja, richtig:

Dadurch, dass ich vor einem halben Jahr meinen damaligen Freund verließ, musste ich unser zu Hause wieder gegen eine Mietwohnung eintauschen. Doch dadurch, dass ich von da an alleine lebte, gewann ich etwas, was viel mehr wert war als das, was ich die letzten Jahre hatte. Ich gewann ein sicheres, freieres Leben.

Inzwischen kann ich es sogar greifen, spüren und genießen. Ich bin für jeden Tag dankbar – auch wenn ich ab und zu noch mein altes Leben vermisse. Aber es hatte mich damals nicht glücklich gemacht. Er hatte mich nicht glücklich machen können. Ich hatte es mir so sehr gewünscht, es sogar mit Druck versucht, ich wollte, dass er mich liebt. Obwohl ich inzwischen weiß, dass ich ihn zum damaligen Zeitpunkt schon lange nicht mehr liebte. Im Nachgang sieht man vieles anders. Trotzdem hatten wir auch schöne Zeiten miteinander.

Nun achte ich nur noch auf meine Bedürfnisse und mache das, was mich glücklich macht. Es tut gut, nur für sich selbst verantwortlich zu sein. Irgendwann, so wünsche ich mir, will ich gerne wieder zu jemand gehören, mit einem neuen Partner glücklich werden. Wie er aussehen soll, weiß ich noch nicht, aber ich träume gerne davon und das gibt mir Zuversicht, dass ich mich eines Tages wieder für einen anderen Mann öffnen können werde.

Ich werde nicht dieselben Fehler machen und auch nicht genau demselben Typ von Menschen noch mal begegnen. Es wird eine neue, bessere Liebe werden.

Ich bin bereit dafür.

15. Andere Richtung

Die Geschichte von Christiane

Christiane:

Ich habe meine Schwester schon eine Weile nicht mehr gesehen. Um genau zu sein, schon seit zwei Jahren. Als Kinder haben wir uns gut verstanden, doch ab dem Jugendalter gingen unsere Ansichten immer mehr auseinander, was wohl zum einen an unseren unterschiedlichen Interessen lag und zum anderem an unserem sich verändernden Freundeskreis. Sie wollte für mich immer eine Art Ersatzmutter sein, obwohl sie nur drei Jahre älter ist. Sie meinte es gut, aber irgendwann wollte ich das nicht mehr. Ab der Volljährigkeit traf ich lieber meine eigenen Entscheidungen. Ich genoss es, niemanden mehr zu haben, der meine Entschlüsse immer wieder hinterfragte und mir stattdessen andere Vorschläge unterbreitete. Auch wenn sie es nie böse gemeint hat und sie mir nur helfen wollte, nervten mich ihre festen Vorstellungen davon, wie ich zu leben haben sollte. Diese Vorstellungen glichen ihrem Leben sehr. Es war das, was sie immer angestrebt hatte. Warum sollte sie also daran zweifeln? Warum sollte ich daran zweifeln? Sie kannte es nicht anders und wollte auch nichts anderes kennenlernen, weil sie damit glücklich war. Heute nehme ich es ihr nicht mehr übel.

Schon während der letzten Jahre begann ich mein Leben immer mal wieder umzusortieren. Ein Umzug folgte dem nächsten, eine Beziehung zerbrach und bald darauf steckte ich in einer neuen. Dabei sammelte ich sehr wichtige Erfahrungen und wuchs immer wieder über mich hinaus. Trotzdem konnte meine Schwester mein Handeln nicht nachvollziehen. Ihrer Ansicht nach kam ich innerlich nie an, aber ich hatte da mein eigenes Tempo. Und bis heute bereue ich das nicht, auch wenn mein Weg oft nicht einfach war.

Irgendwann entschied ich mich, den Kontakt bis auf ein Minimum zu reduzieren. Sie reagierte darauf natürlich erst mal geschockt und hinterfragte, ob dies wirklich meine Entscheidung sei. Ich war damals Mitte dreißig und traf schon sehr viel länger meine eigenen Entscheidungen fern ab von meinen nahen Verwandten, ich lebte mein eigenes Leben, doch wirklich unabhängig fühlte ich mich erst, als ich, wie gesagt, kaum noch Kontakt zu meiner Schwester hatte und auch zu fast allen anderen nahen Verwandten die Kommunikation einschränkte. Dadurch veränderte sich ein Teil meines Freundeskreises, denn dieser war bisher sehr eng mit dem der Familie verbunden. Ich suchte mir neue Freunde, was meine Schwester gar nicht nachvollziehen konnte. Sie meinte, ich wäre egoistisch und man müsse seiner Familie immer für alles dankbar sein und könnte ihr nicht einfach den Rücken zuwenden. Wenn man das tat, würde man irgendwann alleine dastehen.

Eine Zeit lang fühlte ich mich deswegen einsam, bis ich feststellte, dass ich immer noch eine Handvoll feste Freunde habe. Heute kann ich sagen, dass diese meine Familie sind.

Und doch sitze ich gerade hier und überlege, ob ich wieder mehr Kontakt zu meiner Schwester aufnehmen oder sie sogar treffen soll?

Sie hat mich über einen Messenger angeschrieben, ohne Druck, einfach und entgegenkommend.

Vielleicht ist jetzt der richtige Zeitpunkt für einen Neuanfang gekommen.

16. Die Versöhnung

Die Geschichte von Giulia

Giulia:

Eine Zeit lang habe ich mir vorgestellt, dass die Versöhnung an einem untypischen Ort stattfinden wird. Zum Beispiel vor meiner Arbeitsstelle. Alle Kolleginnen und meine Chefin würden in dem Moment, in dem wir uns ein Jahr nach unserer Trennung wieder versöhnen würden, applaudieren. Manche würden vor Rührung ein paar Tränen vergießen und andere johlend zustimmen, dass es die richtige Entscheidung wäre. Keiner wäre dagegen, nein, alle ohne Ausnahme wären dafür. Es würde wie in einer schnulzigen amerikanischen Romantikkomödie sein.

Aber mein Leben ist nun mal kein Film. Und das ist auch gut so. Mir ist in diesem Moment klar geworden, dass ich keine Versöhnung will. Ich habe aber lange davon geträumt und diese visualisiert, bis ich eines Tages aufwachte und mir klar wurde, dass das überhaupt nicht mehr das war, was ich mir wünschte.

Ich sitze auf meinem Balkon und habe gerade eine selbstgekochte Mahlzeit nur für mich genossen und trinke nun ein Glas Bier, während ich der Sonne dabei zuschaue, wie sie hinter den Hausdächern untergeht. Ab und an fährt ein Auto vorbei, ein Kind weint für einen Moment, hört dann aber wieder auf. Die schwerhörige Nachbarin über mir hört die Nachrichten im

Radio. Nebenan berichtet ein Mann seiner Mutter, was er heute Mittag Leckeres auf dem Grill zubereitet hat.

Ich bin froh, mich für diese Wohnung und diese Wohngegend entschieden zu haben. Es lief nicht alles perfekt, doch es waren im Nachhinein nur Anfangsschwierigkeiten. Der Neustart ist mir gut gelungen. Nun fange ich an zu leben, ich muss niemand mehr etwas beweisen.

Ich bin sehr schlank, manch einer würde sogar sehr dünn sagen. Anfangs fand ich das auch. Doch mit jedem Tag fange ich mehr an, meine Figur zu akzeptieren, wie sie ist. Ich möchte eine Zunahme nicht erzwingen, ich fühle mich gesund und mir geht es gut. Es gehört zu meinem neuen Leben dazu. Ich kann alles anziehen, was ich will und fange nach und nach an mir neue Outfits zusammenzustellen.

Gestern habe ich mit meiner Tante telefoniert. Sie ist froh, dass ich mich von allem erholt habe. Es war für mich genau der richtige Zeitpunkt gewesen, um zu gehen und trotzdem habe ich Zeit gebraucht, um mich wieder aufzurichten und mein neues Leben wirklich zu genießen.

Vor zwei Monaten habe ich auch meinen Job gewechselt, ich möchte allgemein eine neue Lebensphase beginnen.

Nun ist die Sonne verschwunden. Ich zünde ein Teelicht in einem Windlichtglas an. Harmonisch wirft es ein schönes Licht vor mich und meinen Schreibblock. Auch wenn die Trennung nun hinter mir scheint, ordne ich meine Gedanken noch oft, indem ich sie aufschreibe. Ich bereue nichts und empfinde auch keinen Schmerz mehr. Und trotzdem denke ich noch ab und zu an mein altes Leben. Es sind Erfahrungen, die mich geprägt haben. Aber vor allem die Zeit danach hat mir gezeigt, wie sehr ich über mich hinauswachsen kann. Ich bin stolz auf mich.

17. Das Bild

Die Geschichte von Stefanie

Stefanie:

In einer Dachgeschosswohnung in einem Mehrfamilienhaus.

Ich zähle noch immer, wie viel Zeit nach der Trennung vergangen ist. Heute sind es genau fünf Monate. Fünf Monate alleine einkaufen, alleine leben, Einsamkeit spüren, alte und neue Freunde treffen. Ich musste mein Leben von Grund auf ändern und einen neuen Job suchen. In letzter Zeit hat sich so vieles bei mir verändert und ich spüre, dass es dabei nicht bleiben wird. Auch jemand Neues ist in mein Leben getreten, aber ich bin noch achtsam, da ich weiterhin verletzlich bin und noch nicht alle alten Wunden verheilt sind. Ich fühle mich sehr geschmeichelt – mehr noch, ich fühle mich wieder geschätzt, aber das Timing fühlt sich noch nicht zu hundert Prozent richtig an. Vielleicht wird es nur eine Affäre oder Ähnliches. Ich versuche, es einfach zu genießen, ohne darüber nachzudenken, was es ist. Zum Glück kann ich ihn nicht mit meinem Ex-Partner vergleichen, denn er ist so ganz anders.

Ich stehe in meiner neuen Küche und rühre gedankenverloren in einem Topf. Ich bereite die erste Lasagne nur für mich zu. Lange habe ich es vermieden, dieselben Rezepte zu kochen, die ich einst für uns beide kochte. Aber so langsam kommt die Lust an den alten Gerichten wieder und verdrängt die Angst an die Erinnerungen. Und erstaunlicherweise sind die Erinnerungen zwar da, tauchen kurz auf, aber verschwinden bald darauf wieder. Es tut nicht mehr weh, an mein altes Leben zu denken. Akzeptanz macht sich breit.

Ein paar Minuten später.

Ich habe das italienische Nudelgericht in den Ofen geschoben und die passende Zeit auf meinem Kurzzeitmesser eingestellt. Um die Zeit zu überbrückend, gehe ich in mein Wohn- und Arbeitszimmer, setze mich an meinen Hobbytisch und greife zu einem Pinsel. Malen nach Zahlen mochte ich als Kind schon sehr gerne. Kurz nach meinem Einzug in diese Wohnung habe ich mit diesem Bild begonnen. Es handelt sich um einen Sonnenaufgang. Auch für mich geht jeden Morgen die Sonne neu, anders, auf. Dieses Leben ist besser für mich, aber ich habe eine Weile gebraucht, um dies zu akzeptieren und mich innerlich komplett von ihm zu lösen. Die Trennung in meinem Herz hatte schon früher begonnen. Nun habe ich ihn seit gewisser Zeit endlich komplett ziehen lassen.

Nur noch ein paar Stellen, dann kann ich auch das Bild, was vor mir liegt, beenden.

18. Ausgeschlafen

Die Geschichte von Enna

Enna:

Seit ich denken kann, schlafe ich immer mal wieder sehr schlecht. Dann schleppe ich mich Tage, ja manchmal sogar Wochen, bis hin zu Monaten zur Arbeit. Ich sehe aus wie ein Zombie mit Augenringen bis in die Kniekehlen. Ich verrichte meine Arbeit, aber alles geschieht nur in Zeitlupe. Ich funktioniere, aber mehr auch nicht.

Den Hang zu Schlafproblemen habe ich von meiner Mutter geerbt. Und den fehlenden Schlaf wieder nachzuholen von meinem Vater. Denn so wie die Schlafprobleme kommen, so vergehen sie auch immer wieder. Das passiert von jetzt auf gleich. Und so erscheint es auch diesmal.

Die Trennung ist drei Monate her und ich habe nicht daran geglaubt, dass ich irgendwann wieder eine Nacht durchschlafen würde. Doch so langsam zeigt es Wirkung, dass ich jeden Tag Sport mache und meine Laufrunden größer werden.

Ich sitze gerade auf meinem kleinen Balkon und trinke einen isotonischen Drink. Dabei spüre ich, wie sich Erschöpfung, aber auch eine Art Entspannung in mir ausbreitet. Mein Bein fängt an zu zucken, das ist ein Zeichen, das mein Körper für einen tieferen Schlaf bereit ist. Kurz darauf schaffe ich es mir mit letzter Kraft noch ein schnelles Abendessen zuzubereiten und unter die Dusche zu springen. Einen Film bekomme ich nur noch mit halb offenen Augen mit. Dann kuschle ich mich in meine Lieblingsbettwäsche und schließe erleichtert die Augen mit der Gewissheit, dass diese Nacht mal wieder eine gute Nacht wird. Und so ist es dann auch. Es ist Freitag und gerade mal elf Uhr, aber das spielt für mich keine Rolle.

Am nächsten Morgen.

Ich habe geschlafen wie ein Baby und auch geträumt, doch ich kann mich nicht mehr an den Inhalt erinnern. Auf jeden Fall war es nicht von meinem Ex oder einem anderen Mann. Ich glaube, es hatte irgendetwas mit Strandurlaub zu tun.

Mein Handy liegt auf dem Nachttisch. Durch die Vorhänge scheinen leichte Sonnenstrahlen hindurch. Ich blinzle kurz, dann richte ich mich halb auf. Es stimmt: Ich habe es endlich geschafft, zehn Stunden am Stück zu schlafen. Ich lache, lege das Telefon wieder zur Seite und strecke mich ausgiebig und gähne dabei.

Ich schließe noch mal meine Augen und schlummere noch einmal für einen kurzen Moment. Dann gähne ich abermals und schäle mich langsam aus dem Bettzeug. Was auch immer der heutige Tag bringen mag, er wird gut werden, da bin ich mir sicher.

19. Eigenständig

Die Geschichte von Heidi

Heidi:

Ich soll mein Singleleben genießen, haben meine Verwandten gesagt. Alleine wohnen kann auch schön sein, haben meine Freunde gemeint. Direkt nach der Trennung hatte ich extreme Angst davor und glaubte ihnen kein Wort. Was soll daran schön sein? Ich habe schon mal alleine gewohnt, aber nie lange. Denn jedes Mal, wenn ich umzog, trat kurz danach ein neuer Mann in mein Leben. Ich ließ zu, dass dieser nicht nur schnell einen Platz in meinem Leben fand, sondern auch viel Platz in meiner Wohnung einnehmen konnte. In den Momenten fand ich das nicht schlimm, denn dadurch fühlte ich mich nicht mehr alleine und darum ging es mir.

Aber diesmal ist alles anders. Die letzte Trennung ist nun schon einige Monate her und ich verstehe, was mir die Menschen um mich herum sagen wollten. Ich fange an, mein eigenständiges Leben zu genießen. Die Wohnung habe ich nun fertig eingerichtet und nach meinen Bedürfnissen gestaltet. Täglich finde ich mehr Routinen für mich in meinem Alltag. Mit jedem Mal Wäscheaufhänge, nach dem Trocknen abhängen und gefaltet wieder in den Schrank hängen, schmutzigem Geschirr in den Spüler räumen und anschließend wieder sauber in die Schränke räumen, fühlt es sich mehr nach meiner Wohnung an. Alles füllt sich nach und nach mehr mit Leben.

Die Katzen spielen Fangen in der kompletten Wohnung und genießen ihre neuen Kuschelplätze. Das hilft mir gegen die innere Unruhe, die immer mal hochkommt. Aber diese hat nichts mehr mit dem Schmerz bezüglich der Trennung zu tun. Und ich weiß auch, dass diese irgendwann weniger werden wird, bis sie ganz verschwindet. Alles passiert zu seiner Zeit. Ein Bekannter meinte, ich müsste meine Dinge noch mehr ordnen, bis ich meine innere Mitte wieder ganz gefunden habe. Ich denke, da ist etwas dran.

Anfangs wusste ich nicht, was das für Dinge sein sollten, aber mit jedem Tag finde ich das mehr für mich heraus. Ich setzte mir Ziele und setze diese zeitnah um und das tut mir sehr gut. So gestalte ich mein Leben Schritt für Schritt neu und besser. Ich bin froh, erst mal nur für mich verantwortlich zu sein.

Ich blicke zurück und bin dankbar, was ich alles geschafft habe. Und auch für die Unterstützung meiner Freunde bin ich dankbar. Selbst mein Körper ist stärker, als ich dachte und hat alle Strapazen der Trennung sowie den spontanen Umzug gut verkraftet. Immer wieder bin ich erstaunt, wie viel Kraft gerade in Zeiten, wenn ich es so gar nicht für möglich halte, in mir steckt.

Ich würde ihm gerne zeigen, wie stark ich bin, aber irgendwie auch nicht, denn er spielt keine Rolle mehr.

20. Anders

Die Geschichte von Andrea

Andrea:

Vor einem Supermarkt. Am Rand eines Dorfes.

Und dann steht er unvorbereitet vor mir. Aber solche Momente sind wohl die Besten. Ich habe mich seit Langem mal wieder mit einer Freundin, die nicht weit weg von ihm wohnt, getroffen. Hier in der Nähe ist er so gut wie nie unterwegs. Jedenfalls war das früher so, doch heute scheint er seine Gewohnheiten geändert zu haben.

Zunächst hat er mich nicht gesehen – oder nicht sehen wollen. Ich bin mir da nicht sicher, aber das spielt keine Rolle.

Wir stehen etwas abseits vom Eingang des Supermarktes, um den Leuten, die dort ein- und ausgehen, nicht den Weg zu versperren. Prüfend schauen wir einander an. Viel verändert hat er sich nicht. Gut, vielleicht hat er etwas zugenommen. Anders als ich. Ich habe aufgrund der Trennung, dem darauffolgenden Umzug und dem Jobwechsel abgenommen und bisher habe ich die verlorenen Kilos auch nicht wieder aufholen können.

Ich erkenne ihn und doch erscheint mir sein Gesicht irgendwie fremd. Nein, nicht fremd, das passende Wort ist eher ›anders‹. Das ist nicht mehr der Mann, mit dem ich jahrelang zusammen war, Tisch und Bett geteilt habe, den ich heiraten und mit welchem ich eine Familie gründen wollte. Wie schnell das doch geht, aber gut, es ist seitdem ein halbes Jahr vergangen. Also schon eine gewisse Zeit.

Er hat seine Einkaufstüten zwischen seine Beine abgestellt. Ich habe meinen Rucksack und Einkaufskorb neben mir platziert. Eigentlich möchte ich nur ungern mit ihm reden und meine Stimme fühlt sich fremd an, aber gar nichts zu sagen erscheint mir auch seltsam.

»Willst du grillen?«, dringen schließlich ein paar Worte aus meinem Mund.

Er nickt. Seine Mundwinkel sind nach unten gezogen und ich sehe, dass ihm die Situation nicht angenehm ist, er aber aus Höflichkeit nicht direkt wieder gehen will. Nach einer Weile seufzt er und ringt sich zu einer Antwort durch: »Ja, mit meinen Freunden. Die übliche Runde kommt vorbei, da hat sich nicht viel geändert. Und du wirst dir heute Abend was Leckeres kochen? Vielleicht mit einer Freundin?«

Sogar seine Stimme erscheint mir mit einem Mal fremd.

Ich nicke ebenfalls. Wir verharren noch für einen Moment.

»Na dann ...«, sagt er zögernd und greift nach seinen Einkäufen.

»Ja ... mach es gut. Und viel Spaß beim Grillen.«

»Ja ... Dir auch einen schönen Abend.«

Ich greife nach meinem Rucksack, setze ihn auf und nehme den Korb in eine Hand. Ich bin die Erste, die geht und sich nicht mehr nach ihm umdreht.

21. Ausgebremst

Die Geschichte von Varinka

Varinka:

Auf einer Landstraße, zwischen zwei Ortschaften.

Ich stehe hier und denke: »*Das kann doch nicht wahr sein, nun auch das noch. Als wenn mein Leben während der letzten Monate nicht schon genug aus den Fugen geraten wäre.*«

Den Tränen nahe versuche ich immer wieder mit meinem Handy alle meine Freunde nacheinander zu erreichen, damit mir jemand hilft. Aber was sollen sie schon großartig tun?

Ich atme tief ein und aus und lasse mich neben das Auto sinken. Mein Herz klopft schnell. Der platte Reifen schaut mich triumphierend an, so als wollte er mir, wie zuvor mein Ex-Partner sagen: »Siehst du, du schaffst es nicht alleine.« Das ich nicht alleine zurechtkomme, hat er mir am Ende auch immer wieder deutlich gemacht und mir tausendmal Hilfe angeboten. Aber ich habe den Umzug fast alleine geplant und umgesetzt. Und das war es auch, was ihn am meisten, so glaube ich, verletzt hat: Das ich nach der Trennung so schnell aus seinem Leben verschwunden bin. Aber ich dachte, er wollte es genauso, oder nicht?

Die Tragweite der Trennung war ihm nicht bewusst gewesen. Vor allem die Streitereien konnte er nicht ertragen, aber er war zu sehr mit sich selbst beschäftigt, um eine Lösung zu finden, mit der es uns beiden gut ging.

Wir beide wussten relativ schnell, dass die Trennung, auch wenn sie wehtat, die beste Lösung gewesen ist. Das letzte Lösen war noch mal sehr heftig. Ich tauchte in die Emotionen ein, zog mich aber bald wieder daraus hervor. Ich versinke in Gedanken, versuche mich an sein Gesicht zu erinnern, wie er lachte, wie wir zusammen tanzten, in Urlaub fuhren, oder unser Bett und unseren Tisch teilten. Doch nach fast einem Jahr sind fast alle innerlichen Bilder verschwunden. Das ist gut, aber ab und zu macht es mich auch traurig, denn er war für lange Zeit ein wichtiger Mensch in meinem Leben gewesen. Aber dorthin zurück möchte ich auf keinen Fall, denn wir haben uns beide sehr verändert. Jeder in eine bessere Richtung für sich selbst.

Ich habe in meinen Gedanken gar nicht gemerkt, dass neben mir ein Auto gehalten hat. Erst als die Person, die daraus ausgestiegen ist, sich zu mir herunterbeugt und mich sachte an der Schulter berührt, nehme ich sie wahr.

Es ist merkwürdig, wie klein die Welt ist. Dieser Mann sieht aus wie mein Ex-Partner, aber er ist es nicht. Er hat nur eine große Ähnlichkeit zu ihm. Aber ihn zu sehen fühlt sich nicht schlecht an. Er redet mit mir, aber seine Worte kommen nicht ganz bei mir an. Er streckt mir seine Hand entgegen und ich lasse mir von ihm hochhelfen. Dann fragt er, wo ich meinen Ersatzreifen und den Wagenheber aufbewahre. Ich lasse mir von ihm helfen.

Es ist der Anfang einer neuen Geschichte.

22. Auf Augenhöhe

Die Geschichte von Jenni

Jenni:

In einer Einfamilienhaushälfte. Im Wohnzimmer.

Wir stehen uns gegenüber. Ich weine, dabei dachte ich, meine Tränen wären langsam aufgebraucht, aber es kommen unaufhaltsam immer noch welche nach. Er meint, er wäre ja nicht aus der Welt und nachdem ich unter schluchzen nachhake, erklärt er, dass eine zweite Chance noch eine Option sei. Aber ich spüre, dass es ein Abschied für immer ist. Er meint, es würde an ihm liegen, aber wir wissen beide, dass da mehr dahintersteckt und es sich zum größten Teil auch um äußere Einflüsse handelt. Irgendwann reicht es nicht mehr, vor allem nicht, wenn die Gefühle schon vergangen sind, ohne dass wir etwas dagegen getan haben.

Ich hatte schon immer den Eindruck gehabt, dass ich mehr gekämpft habe als er. Doch in diesem Moment spüre ich auch, wie schwer es ihm fällt, mich gehen zu lassen. Wir umarmen uns und küssen uns ein letztes Mal. Ich spüre, dass er noch etwas für mich empfindet, aber wir waren auch eine ziemlich lange Zeit ein Paar, so was ändert sich ja nicht von heute auf morgen. Während er mir ein paar von Tränen feuchte Haarsträhnen aus dem Gesicht wischt, denke ich an unsere Anfangszeit zurück. Ich bin erstaunt, wie schnell man sich in eine andere Person verlieben kann. Erst mal möchte ich nicht daran denken, dass er eine andere, eine neue Frau, haben wird. Aber als ich mich umdrehe und zu meinen letzten Sachen, die noch im Flur stehen, gehe, ist mir klar, dass dies irgendwann der Fall sein wird. Und auch wenn es wehtut, gönne ich es ihm von Herzen. Ich will ihn nicht hassen und auch nicht ewig traurig sein oder dauerhaft im Schmerz an ihn denken. Er ist kein schlechter Mensch, sonst wäre ich nicht so lange mit ihm zusammen gewesen.

Für Heirat und Kinder hat immer der richtige Zeitpunkt gefehlt. Erst wollte er, dann ich und dann irgendwann keiner mehr.

Ein paar Minuten später.

Ich lasse die Haustür aus dunklem Holz hinter mir ins Schloss fallen und schluchze noch einmal auf. Umdrehen mag ich mich nicht mehr. Einen Moment halte ich inne und höre, wie er laute Musik anmacht und das Geräusch eines seiner Fitnessgeräte erklingt. Ich atme tief ein und aus und bin ihm dankbar, dass er mich so schnell gehen lässt. Er war derjenige, der die Trennung aussprach.

Ja, ich wünschte ihm wirklich nur das Beste und dass er sich eines Tages auch von seinen inneren Fesseln befreien kann, so wie ich es nun tue.

23. Weggeworfen

Die Geschichte von Wilma

Wilma:

Ich habe gerade die letzten Umzugskisten entsorgt. Sie haben nun ihren Zweck erfüllt. Ich hatte sie in einem gebrauchten Zustand von Bekannten bekommen. Jetzt sitze ich in meinem Wohnzimmer und grüble vor mich hin. Habe ich nun wirklich alles hier, was ich brauche?

Nachdenklich begutachte ich jedes Möbelstück. Die Trennung und mein Umzug in die neue Wohnung sind fünf Monate her und ich kann mich kaum noch daran erinnern, wie es gewesen war, mit ihm in einer Wohnung zu leben, Tisch und Bett zu teilen.

Wie schnell man doch vergisst und sich entliebt. Das hätte ich, als wir uns vor über sechs Jahren kennenlernten, nicht für möglich gehalten. Aber irgendwann hat alles seine Zeit gehabt. Es ist nicht meine erste Trennung mit fast vierzig Jahren, aber ich hatte gehofft, dass ich diesmal den Mann fürs Leben gefunden hätte.

Im Nachhinein betrachtet hatte ich mir aber mit vielem eine Illusion aufgebaut. Und vielleicht hat das auch unsere Beziehung scheitern lassen. Auf der anderen Seite: Hätte ich an vieles nicht so lange geglaubt, dann wäre ich wohl schon eher gegangen und ich wollte bis zum Ende kämpfen. Leider kämpfte ich zu viel und er meiner Meinung nach zu wenig. Im Nachgang betrachtet hat er wohl so viel gegeben, wie er konnte. Es gibt kein richtig und kein falsch. Die Trennung und auch die Beziehung bereue ich nicht. Ich bereue eher, dass ich mich innerhalb der letzten Jahre so aufgab. Das tat uns beiden nicht gut und wir verloren dadurch die Verbindung zueinander.

Nun habe ich mein inneres Gleichgewicht wieder gefunden. Morgen beginnt mein neuer Job und ich freue mich sehr darauf, mein Leben nun freier und anders zu gestalten, so wie ich es eigentlich schon immer wollte. Er war nicht für alles verantwortlich. Nun haben wir die Chance genutzt, unsere Leben unabhängig voneinander besser zu gestalten. Nichtsdestotrotz tut es ab und zu noch weh, dass wir es nicht geschafft haben, unsere Träume zusammen umzusetzen. Aber vielleicht soll es so sein.

Ich weiß nicht, was er tut und er weiß nichts von mir. Das ist besser so, wir haben uns lange genug gegenseitig das Leben schwer gemacht. Trotzdem war es eine Trennung auf Augenhöhe und dafür bin ich heute so unendlich dankbar. Ich möchte niemand hassen, denn damit schade ich am meisten mir selbst und ich möchte auch keine negative Energie an die andere Person geben. Jeder hat ein zufriedenes Leben verdient. Es gibt einfach Phasen im Leben, in denen sich jeder verändert und man leider nicht mehr in die gleiche Richtung geht. Gefühle kann man nicht erzwingen. Sie kommen und gehen. Wer zu sehr kämpft, verliert vor allem sich selbst. Das habe ich gelernt. Nun lasse ich ihn auch innerlich frei und ich hoffe, er mich auch.

24. Kaputt

Die Geschichte von Alexis

Alexis:

Eigentlich heiße ich Alexandra, aber als Teenie fand ich es cooler, wenn die anderen mich Alexis nannten. Ich fühlte mich dann wie ein Mädchen, das in einer amerikanischen Serie mitspielt.

Er hat mich nie so genannt, sondern immer mit meinem vollen Namen angesprochen. Genauso wie es meine Mutter, die kurz bevor ich mich trennte, verstorben ist, tat. Ich war nicht bei ihrer Beerdigung, da ich schon damals innerlich zu sehr mit der Trennung beschäftigt gewesen war.

Ich wohne 15 Kilometer von meiner Herkunftsfamilie entfernt und schob einen Beinbruch vor. Es fragte keiner im Detail nach und somit hatte ich auch die Wochen danach Ruhe. Keiner verlangte, dass ich den Weg auf mich nahm, um beim Ausräumen der Wohnung zu helfen.

Und nun bin ich einen Monat später selbst dabei, eine Wohnung umzuräumen. Quasi von jetzt auf gleich, so erscheint es zumindest meinem Ex-Partner. Mir nicht. Ich hatte bereits vor einem Jahr schon überlegt, aus diesem Haus, auf dem ein Fluch zu liegen scheint, auszuziehen. Ich bin nicht die Erste, die hier nach gut zwei Jahren auszieht, und werde wohl auch nicht die Letzte sein.

Er ist die vergangenen Tage kaum zu Hause gewesen, da wir vermieden, uns direkt zu begegnen. Ich sollte mitnehmen, was ich bräuchte, hatte er zu mir gesagt. Ich brachte es aber nicht übers Herz, ihm zu viele Lücken zu hinterlassen, außerdem wollte ich wirklich nur Dinge mitnehmen, die mich nicht mit zu vielen Erinnerungen belasteten. Neue Sachen kaufen konnte ich ja nach und nach. Ich hatte schon oft genug einen Neustart gewagt. Diesmal tat es aber besonders weh. Ich hatte vom ganzen Herzen gehofft, dass es diesmal für immer halten würde, obwohl es schon für eine Trennung Vorzeichen gab.

Drei Monate später.

Ich bin froh, dass es nicht für immer gehalten hat und er mich hat gehen lassen. Mit einem Mal ist wieder so viel mehr für mich möglich. Die neue Wohnung ist genau richtig für mich und auch ein neuer Job scheint in greifbarer Nähe. Ich habe eine Handvoll Freunde um mich, verbringe aber auch viel Zeit alleine, das tut mir gut. Ich gehe neue, aber irgendwie auch altbekannte Wege, da ich hier schon mal wohnte. Das gibt mir Sicherheit. Ich entfalte mich jeden Tag neu, so scheint es mir. Ich bin dankbar, dass wir uns im Guten verabschieden konnten. Ich wünsche mir sehr, dass es ihm nun auch gut geht. Aber ihn wiedersehen möchte ich nicht.

25. Das Unwetter

Die Geschichte von Victoria

Victoria:

Ich fluche und wische mir das klatschnasse Haar aus dem Gesicht. Ich hatte damit gerechnet, meine Joggingrunde vor dem Gewitter beenden zu können. Mit den an mir klebenden Sportklamotten zieht sich der Weg in die Länge und erscheint mir somit ewig. Meine Beine fühlen sich mit jedem Schritt schwerer an. Mir ist Wasser in die Schuhe gelaufen und die schmatzenden Geräusche klingeln in meinen Ohren nach.

Er hat mich immer davor gewarnt, zu joggen, wenn ein Gewitter aufzieht. Aber jetzt bin ich für mich alleine verantwortlich. Und doch höre ich noch oft genug seine Stimme in meinem Ohr. Ich seufze, aber immerhin wird diese mit jedem Tag leiser und ich weiß genau, dass sie sowie das innere Bild von ihm eines Tages ganz verschwinden werden. Es ist nicht meine erste Trennung, aber diese trifft mich irgendwie am schwersten, so scheint es mir. Ich hatte viele Hoffnungen in diese Beziehung gesetzt. Diesmal wollte ich alles richtig machen, dadurch beging ich aber noch mehr Fehler als zuvor. Ich idealisierte ihn und die Beziehung. Aber vielleicht sollte es auch so sein, sonst wäre ich wohl nicht so lange bei ihm geblieben. Manchmal braucht man die Vorstellung einer Märchenliebe – jedenfalls für eine gewisse Zeit. Und irgendwann muss man dann doch einen Cut machen und das Träumen aufgeben.

Ich bin nun an meiner neuen Wohnung angekommen. Zwei Monate wohne ich inzwischen hier und so langsam entwickle ich einen täglichen Rhythmus. Ich krame in meiner nassen Bauchtasche nach meinem Haustürschlüssel. Der warme Sommerregen lässt nach und ich höre, wie der Donner leiser wird. Ich muss grinsen, da zieht das Gewitter so schnell wieder ab, wie es gekommen ist.

Um einer Erkältung vorzubeugen, gehe ich baden, auch wenn es erst Nachmittag ist.

Eine halbe Stunde später.

Ich habe extra viel Badezusatz ins Wasser geschüttet. Zufrieden versuche ich kleine Figuren aus dem Schaum zu formen.

Der Dampf steigt langsam nach oben. Eigentlich ist das Wasser für die Jahreszeit viel zu heiß, ich genieße es trotzdem. Gleich wird meine Haut knallrot sein, aber ich finde das nicht schlimm. Er fand oft, ich sei zu verschwenderisch mit dem Wasser. Ich verüble es ihm diese Aussage nicht, hatte er es nur gut gemeint und gerne den Überblick über die Finanzen behalten. Das sollte nicht heißen, dass ich je verschwenderisch war, aber ich habe mir ab und zu gerne etwas gegönnt. Und ich bin froh, dass dies nun wieder möglich ist, ohne dass jemand etwas dagegen einzuwenden hat.

26. Fassade

Die Geschichte von Ida

Ida:

Meine Mutter hat mich nach einer Figur aus dem Buch »Die Kinder von Bullerbü« von Astrid Lindgren benannt. Und so war es auch damals bei uns zu Hause gewesen. Wir haben eine schöne, heile Welt gelebt. Wir hatten ein Haus auf dem Land, nicht ganz so abgelegen, aber meine Geschwister und ich haben eine herrliche Kindheit erleben dürfen, es fehlte uns an nichts. Unsere Eltern ließen sich zwar später scheiden, aber da waren wir schon erwachsen. Sie hatten sich nicht mehr geliebt und trennten sich auf Augenhöhe im Guten und sind noch heute befreundet.

Wir waren erstaunt über diese Entscheidung, akzeptieren es aber relativ schnell, da es offensichtlich war und wir ja alle schon unser eigenes Leben aufgebaut hatten. Kurz danach lernte ich ihn kennen und lieben. Wir verliebten uns schnell ineinander, lebten ab dem ersten Tag zusammen in meiner Wohnung und heirateten bald darauf. Kinder wollten wir auch, aber es klappte nicht so recht. Trotzdem versuchten wir für alle Außenstehenden die Fassade einer glücklichen Ehe aufrechtzuerhalten, auch wenn unsere Beziehung nach einigen Jahren doch sehr darunter litt. Der Druck von außen setzte uns zu sehr zu.

Und nun stehe ich hier. Die Fassade ist gebrochen. Er hatte sich schon vor einer Weile von mir entliebt und dann sogar eine neue Frau gefunden. Warum war es mir nicht eher aufgefallen? Wahrscheinlich, weil wir die letzten Monate mehr Zeit alleine als miteinander verbracht haben.

Ich schaue ihn mit Tränen in den Augen an. Hassen kann ich ihn trotzdem nicht. Niemand kann etwas dafür, wenn der andere sich neu verliebt. Und er ist auch noch nicht mit ihr zusammen, er wollte erst mit mir darüber reden. Aber ich spüre, dass sie genauso empfindet. Ich möchte seinem neuen Glück nicht im Wege stehe und beschließe noch am gleichen Tag auszuziehen. Er bietet mir an, zu helfen. Auch wenn es nett gemeint ist, lehne ich es ab.

In Gedanken organisiere ich mir ein kleines Umzugsunternehmen. Es ist nicht mein erster Umzug, trotzdem wird es der Schwerste.

Ein halbes Jahr später.

Ich freue mich für ihn. Er heiratet wieder und hat mich eingeladen. Ob ich hingehe, weiß ich noch nicht, aber ich freue mich für die beiden. Ein neuer Bekannter könnte mich begleiten, überlege ich. Vielleicht gehe ich auch alleine zu der Feier.

27. Frieden

Die Geschichte von Joline

Joline:

Damit hätte ich nicht gerechnet. Wir streiten nicht mehr, haben von jetzt auf gleich damit aufgehört, seit klar ist, dass wir uns trennen werden. Er meint, es würde an ihm liegen. Ist ihm die Bedeutung dieser Worte wirklich klar? Es spielt keine Rolle mehr. Ich weine, aber fühle mich auch erleichtert. Seit Wochen war mir übel, jetzt ist die Übelkeit verschwunden. Trotzdem ist klar, dass ich, wie nach vielen Trennungen, zunächst an Gewicht verlieren werde. Aber irgendwann wird sich alles wieder einpendeln und dann wird es mir besser gehen. Ich spüre, dass die Trennung die richtige Entscheidung ist. So war es bisher immer.

Er steht vor mir und schaut mich prüfend an. Wir haben schon eine Weile kein Wort mehr zueinander gesagt. Es gibt nichts mehr zu sagen, außer das Organisatorische, das geklärt werden muss, aber darüber mache ich mir keine Gedanken, denn ich weiß, er wird mich, auch wenn es ihm schwerfällt, ziehen lassen und mir keine Steine in den Weg legen. Wir lieben uns nicht mehr, trotzdem ist uns der andere wichtig. Ich werde nur das mitnehmen, was mir wirklich nötig erscheint. Den Rest kaufe ich mir gebraucht, oder hole es mir später. Ich war immer sparsam, am Finanziellen soll es nicht scheitern.

Ich drehe mich um, schaue nicht zurück, nehme die Treppe nach oben und beginne langsam zu packen. Ich fühle mich kraftlos, aber ich weiß, dass ich das trotzdem schaffen werde. Ich werde gehen und für mich neu anfangen. Das habe ich schon so oft getan. Es ist nicht meine erste Trennung. Er ruft nach oben und fragt, ob ich Hilfe brauche, ich rufe ein »Nein« zurück. Es ist besser, wenn er nicht hilft.

Drei Monate später.

Ich bin immer wieder von mir selbst erstaunt, wie ich es schaffe, nach jeder Trennung und auch jetzt wieder mich neu zu sortieren und aufzurichten. Direkt danach erscheint es mir immer, als hätte ich dafür keine Kraft, aber nun steht auch noch ein geplanter Jobwechsel an und ich weiß, dass ich auch diese Hürde meistern werde.

Fast ganz alleine habe ich die neue Wohnung eingerichtet. Nur ein paar Freunde haben mir teilweise dabei geholfen und natürlich die Umzugshelfer. Doch das richtige Einräumen und Gestalten habe ich alleine gemeistert. Ich wollte nicht zu lange bedürftig sein.

Ich finde mich immer mehr in mein neues, freies Leben ein und kann es mir gar nicht mehr anders vorstellen. Es war der richtige Zeitpunkt für die Trennung und ich hoffe, dass es ihm nun ebenfalls gut geht und er auch seinen Frieden finden wird.

28. Das Baby

Die Geschichte von Luna

Luna:

Meine beste Freundin und ich sitzen auf dem Balkon meiner neuen Wohnung. Der Umzug aus der gemeinsamen Wohnung mit ihm liegt nun fast ein Jahr zurück und ich kann es mir inzwischen nicht mehr vorstellen, noch einmal mit ihm zusammenzuleben. Soweit ich von Bekannten gehört habe, geht es ihm gut. Ob er jemand Neues hat, haben sie mir nicht gesagt, aber das ist wohl auch besser so.

Meine Freundin zündet sich eine Zigarette an, zieht daran und pustet dann den Rauch nach oben in die Luft. Ich sehe, dass sie nachdenkt. Ich nippe an meinem Kaffee und esse dann weiter das Stück Sahnetorte, das sie mitgebracht hat, weiter. Sie räuspert sich. Ich schaue sie direkt an. Sie fährt sich mit einer Hand durchs Haar.

»Und wenn du die Embryonen nimmst, die ihr eingefroren habt?«

»Ist das dein Ernst?«, frage ich erstaunt.

Ich weiß nicht, wie sie plötzlich auf das Thema kommt. Soeben hatten wir noch locker darüber gesprochen, ob wir dieses Jahr zusammen in den Urlaub fahren wollen und wenn ja wohin.

»Klar oder willst du ihn erst um Erlaubnis fragen? Es sind ja im Prinzip deine«, plappert meine Freundin munter weiter.

Mein Ex-Partner und ich hatten lange versucht, Kinder zu bekommen, aber irgendwie schienen unsere Körper nicht miteinander kompatibel, weswegen wir uns an eine künstliche Befruchtung gewagt hatten. Doch auch damit hatte es leider nur zwei Abgänge bei mir gegeben. Danach wollte ich nicht mehr.

Meine Freundin lässt nicht locker mit dem Thema. »Such dir einen Samenspender aus. Ich weiß doch, wie sehr du dir ein Baby wünschst. Er möchte auf keinen Fall Kinder, er wollte dem Wunsch vor allem wegen dir nachgeben. Aber deswegen habt ihr euch ja auch getrennt, weil er wollte, dass du glücklich wirst. Und auch, weil er sich nie wirklich als Vater sehen konnte.«

Ich lege die Kuchengabel zur Seite und kaue auf meiner Unterlippe, bis ich Blut schmecke. Erschrocken höre ich damit auf. Es entsteht eine Gesprächspause. Wir hören, wie im Hintergrund Kinder lachen, dann beginnt eines zu weinen und wird kurz darauf von jemand getröstet. Ich weiß nicht, wie lange wir so dasaßen. Am Rande habe ich realisiert, wie sich meine Freundin eine weitere Zigarette angesteckt hat.

»Vielleicht hast du recht«, antworte ich zögernd. Mein Herz fängt dabei vor Vorfreude meinen Herzenswunsch doch noch erfüllen zu können, schnell zu klopfen an. Es fühlt sich an, als würde es gleich aus meinem Körper springen.

Meine Freundin grinst mich an und legt ihre qualmende Zigarette auf dem Aschenbecher ab. Dann steht sie auf, kommt zu mir und umarmt mich fest. Dabei flüstert sie mir ins Ohr: »Natürlich habe ich das und ich werde dich dabei unterstützen.«

29. Augenkontakt

Die Geschichte von Elli

Elli:

Im Stadtkern einer Großstadt. In einem kleinen Café.

Wir sitzen in einem Café. Er sucht immer wieder Augenkontakt. Seit unserer Trennung ist viel Zeit vergangen. Ich bin inzwischen so weit, dass ich nur noch nach vorne schaue. Warum ich trotzdem zu dem Treffen eingewilligt habe? Das weiß ich gar nicht genau, ich habe meinen inneren Frieden mit ihm geschlossen. Vielleicht, um ihm auch die Chance zu geben, es mir gleich zu tun? Mir wird jedoch schnell bewusst, dass er sich nicht deswegen mit mir treffen wollte.

Immer wieder kaut er nervös an seinen Fingernägeln. Er hat etwas zugelegt, aber nicht an Gewicht, sondern an Muskelmasse, was dafürspricht, dass er weiterhin viel Sport treibt. Trotzdem spüre ich, auch wenn er dadurch attraktiver wirkt, dass in mir keine alten Gefühle für ihn aufkommen können. Und auch neue Gefühle zu aktivieren erscheint mir nicht möglich. Dafür ist zu viel passiert.

Ich versuche es ihm zu erklären, aber ich sehe an seinem Blick, dass er sich trotzdem Hoffnungen macht. Seltsam, erst wenn man etwas verliert, wird wohl manchen bewusst, was sie an dem Menschen, also an mir, hatten. Aber dafür ist es in meinen Augen zu spät. Ich fühle mich freier und habe ein besseres Leben.

Nach außen wirkt er gefestigt, doch an seinen Augen sehe ich, dass seine Trauer darüber, dass er mich nun wirklich verloren hat, sehr groß ist. Er weint nicht, zumindest nicht in der Gegenwart anderer Leute, vor mir hat er nie wirkliche Gefühle gezeigt, auch nicht, als sein Vater vor einem Jahr starb. Ich weiß, dass er viel Wut und Enttäuschung aus seiner Kindheit in sich getragen hat und noch immer trägt, aber er schafft es nicht, diese rauszulassen und zu verarbeiten. Lange habe ich versucht ihm dabei zu helfen. Aber seit gewisser Zeit weiß ich, er muss sich selbst von seinen inneren Fesseln befreien.

Eine halbe Stunde später.

Wir umarmen uns noch ein letztes Mal. Ich spüre dabei nichts, aber nehme auch nicht, wie zuvor, seine negativen Emotionen in mich auf. Somit habe ich die Trennung gut hinter mir gelassen. Ich wünsche ihm mit Worten, dass er das auch bald schafft. Er nickt, sagt aber nichts. Ihm ist klar, dass er hätte früher kämpfen müssen. Seine Einsicht kommt zu spät. Trotzdem rechne ich ihm hoch an, dass er es wenigstens versucht hat. Aber irgendwann wird auch er mich nicht mehr wollen und das ist gut so.

30. Das Puzzle

Die Geschichte von Zara

Zara:

Als ich mich trennte, kam ich auf die glorreiche Idee, mir im Internet ein XXL Puzzle zu bestellen. Ich wollte ein Ziel vor Augen haben, welches mich in den ersten Monaten nach der Trennung ablenken sollte.

Seitdem sind acht Monate vergangen und ich habe es gerade so geschafft, den Rand zu schließen. Ich stehe davor und zucke schuldbewusst mit den Schultern. Es war aber auch nicht das einzige Ziel, was ich mir gesetzt hatte, deswegen sehe ich das nicht so eng. Vielleicht werde ich es in ein paar Monaten oder Jahren beenden. Vielleicht auch nicht. Ist es mir wirklich so wichtig?

Ich habe mir schon immer gerne Ziele gesetzt und diese zeitnah erreicht. Und ich habe viel geschafft, seit ich ausgezogen bin. Ich bin über mich hinausgewachsen, so als wäre ich Hulk, aber natürlich nur metaphorisch gesehen. Früher war ich das nicht, doch jetzt bin ich rückblickend sehr stolz auf mich.

Ich lächle leicht und lasse mich auf dem Stuhl, der vor dem Tisch, auf dem ich das Puzzle begonnen habe, sinken. Die Schachtel mit den übrig gebliebenen Puzzleteilen steht auf der linken Seite. Der Deckel ist geschlossen und hat Staub angesetzt. Ich wische mit einem Finger darüber. Dort, wo ich die Staubschicht berührt habe, hinterlasse ich einen hellen Streifen. Ich überlege, ob ich mir heute Abend mal wieder Zeit zum Puzzeln nehmen sollte. Ganz davon überzeugt fühle ich mich nicht. Ich habe die letzten Monate schon so viel geleistet.

Das Telefon klingelt und unterbricht meine Gedanken. Eine meiner Tanten ruft an. Dankbar für die Ablenkung gehe ich auf das Gespräch ein.

Kurz nach Sonnenuntergang.

Ich sitze auf dem Balkon und lese ein Buch, an dem ich schon länger dran bin. Es ist ein weiteres, neues Ziel. Das Puzzle habe ich bisher nicht weiter gemacht. Irgendwie finden sich immer wieder neue Dinge, die ich machen möchte, die ich schon vor ein paar Monaten, ja manche sogar vor Jahren umsetzen wollte. Damals war ich jedoch zu sehr mit meiner Beziehung und den Rettungsversuchen beschäftigt, sodass ich nie die nötige Zeit fand. Aber das muss ich nun nicht mehr. Lange habe ich gekämpft, doch jetzt habe ich meinen Frieden für mich gefunden und bin sehr dankbar dafür.

In den Häusern um mich herum werden Vorhänge und Rollläden geschlossen. Auch innerhalb des Hauses, in dem ich wohne, machen sich die Leute für die Nacht bereit. Ich bleibe an diesem milden Sommerabend noch eine Weile auf dem Balkon sitzen und genieße die Ruhe in mir.

31. Der Schmetterling

Die Geschichte von Ramona

Ramona:

Lange habe ich mich als Opfer der Trennung gesehen. Nun, nicht mal drei Monate danach, sehe ich mich zwar weiterhin nicht als Gewinnerin, aber ich sehe, was mir das Leben seitdem für neue Chancen geschenkt hat. Ich habe eine schönere Wohnung, mehr Freiheit, einen neuen Job und nur noch Menschen um mich herum, die mir guttun. Ich habe mein Umfeld neugestaltet und umgebe mich nur noch mit Menschen, die eine positive Lebenseinstellung haben und mit denen ich gerne ein paar schöne Stunden oder Abende verbringe.

Ich habe acht Kilo Gewicht verloren. Anfangs reagierte mein Umfeld geschockt darauf. Es wurden Zweifel laut, ob ich eine Essstörung hätte, doch ich sehe es nicht als solche, sondern als eine Art Entschlackungskur.

Ich stehe vor meinem Kleiderschrank. Ich habe ein Kleid an, das ich schon ewig nicht mehr getragen habe. Das letzte Mal war in einem Strandurlaub vor gut vier Jahren. Verrückt, wie die Zeit verfliegt. Damals waren wir noch so verliebt und beschlossen bald darauf zusammenzuziehen. Wir sind nicht im Bösen auseinandergegangen, trotzdem möchte ich keinen Kontakt mehr. Er hat mir schon länger nicht mehr gutgetan und ich war froh, als wir endlich aufhörten, immer und immer wieder miteinander zu streiten.

Seit ich abgenommen habe, gibt es auch den ein oder anderen Verehrer. Ich genieße es, mache mir jedoch keine Gedanken darüber, auf was die Flirts hinauslaufen könnten. Selbst wenn sich etwas ergibt, muss man das ja auch nicht direkt als Beziehung betiteln. Ich möchte einfach mein Leben genießen, mir keine Gedanken darum machen, was morgen sein könnte. Jahrelang habe ich mein Leben durchplanen wollen und am Ende hat nichts davon funktioniert. Im Nachgang waren es wohl nicht die richtigen Pläne für mich gewesen. Haus, Heirat, Kind – es war das, was der Norm entsprach, was die Gesellschaft von mir verlangte. Aber wir waren nicht zum gleichen Zeitpunkt bereit dafür, es war zu viel Druck von mir, aber auch von dem direkten Umfeld, dahinter. Ich möchte mich nicht mehr bedürftig fühlen, sondern glücklich sein, ohne einen Partner an meiner Seite haben zu müssen.

Ich weiß nicht, ob ich weiterhin ein Kind, heiraten oder eine Beziehung führen möchte. Gerade versuche ich mir darüber keine Gedanken zu machen. Ich bin einfach nur froh, die ersten Monate der Trennung, die schwerste Zeit, gut überstanden zu haben. Nun beginnt die weitere Verarbeitung. Ich will meinen Blick nur für mich gerade nach vorne richten.

Heute Nacht habe ich von ihm geträumt. Wir haben nichts gesagt, sondern uns nur noch einmal umarmt und dann war er einfach verschwunden. Ich habe meinen inneren Frieden gefunden und hoffe, dass es ihm genauso ergeht.

Ich überlege, ihm einen letzten Brief zu schreiben und ihm von dieser Erkenntnis zu berichten, aber entscheide mich dagegen. Der Gedanke zählt.

Autorenbeschreibung:

Jillian Black ist das offene Pseudonym von Julia Bolender.

Julia Bolender wurde 1983 in Mainz geboren. Derzeit lebt sie in Witten.

Hauptberuflich arbeitet sie als Erzieherin in einer Kita und lässt ihre Erfahrungen in Kinderbücher und Lieder einfließen.

Seit 2018 veröffentlicht die Autorin über Amazon und Books on Demand.

Als Jillian Black schreibt die Autorin Kurzgeschichten und Thriller.

Bisher von ihr erschienen sind als E-Books, Printausgaben und Hörbücher:

»Verloren-Zwischen Leben und Tod«

»Mutterschmerzen-Geschichten über starke Frauen«

»Du wirst es bereuen!«